双葉文庫

後宮の花シリーズ II

後宮の花は偽りを散らす

天城智尋

目次

郭翔央「かくしょうおう」
政治がわからない無能故に武官になったと噂される新皇帝の弟。
冬来「とうらい」
皇帝警護を担当する後宮警護官。
郭叡明「かくえいめい」
本物の威妃と共に姿をくらませていた新皇帝。翔央の双子の兄。

人物紹介
李洸「りこう」
翔央の側近。将来は宰相確定と言われる政治のスペシャリスト。
威公主「いこうしゅ」
威妃の異母妹。
陶蓮珠「とうれんじゅ」
『遠慮が無い・色気が無い・可愛げが無い』で知られる女官吏。

序章

夏の終わりの太陽が、幼い蓮珠《れんじゅ》の足元に影を落とす。その影とともに、疾駆《しっく》する石畳の道には大粒の汗が散っていた。息が上がり、喉がひりつく。

「お父さん……、どこ……？」

すでに何度も繰り返してきた言葉を口にする。今度は汗だけでなく、落ちた涙が石畳にシミを作った。

「こっちだ、ガキがいたぞ！　捕まえろ！」

声がする。思っていたよりも近い。蓮珠はとっさに声がした方向とは逆へ走り出す。足がもつれそうになっても止まるわけにはいかない。

「お父さん、お父さん！」

助けを求める言葉すら思い出せず、ひたすらに父を呼ぶ。

立后式《りっこうしき》ににぎわう都で、気がつけば父親とはぐれてしまった。父を探すも大人たちの波に流されるばかりで、ふと顔を上げると、見知らぬ男たちに囲まれていた。父親のところに連れていってやる。その言葉は温かいが、彼らの貼りつけたような笑みに寒気がした。思わず身を引いた蓮珠は、伸ばされた手からとっさに逃げた。

そこからはひたすら走り回った。故郷の邑《むら》を遠く離れた都の路地裏、どこをどう進めばいいのかなんて、わかるわけもない。逃げても逃げてもどこからか男たちの声がして、とても逃げきれる気がしない。

路地裏の色濃い影に足を絡め取られるんじゃないかと怖くなって、物陰に隠れることさえできず、ただ走っていた。何度も通った気がする角をまた曲がろうとしたところで手首をつかまれる。

上げる悲鳴が手のひらに押さえられる。手は小さい。大人でなく子どもの手だ。

「叫ぶなよ。こっちだ！」

同じ年頃の少年だった。蓮珠の手首を引いて走り出す。ついていっていいのかわからない。でも迷う間もなくどんどん引っ張られていく。

少年はそのまま大通りに出ると、迷いなく人波に突っ込んでいった。

「ねえ、どこに行くの？　お父さんに見つけてもらえなくなっちゃうよ！」

「お前、人さらいに見つかりたいのか？　子どもの背丈なら、人波に紛れたほうが大人からは見つかりにくい。だから、これでいいんだ」

そう脅かされた蓮珠は、少年の手をとり、しっかりと繋いだ。

「それでいい。大人しくついてこい。あとで栄秋府《えいしゅうふ》に連れていってやる。迷子を捜している親はだいたいそこに行くから安心しろ」

そう言われて頷いたのは、安心しろという少年の言葉を信じたからじゃない。肩越しに振り向いた彼の目があまりにもキラキラしていたからだ。蓮珠を捕らえようとする闇を払いのける、強烈な太陽の光のように。

「おーい、いらしたぞ!」

道に並ぶ大人たちが歓声をあげる。

びっくりして足を止めると、少年も足を止めていた。

「なに……?」

「花轎《かきょう》だよ。皇后を乗せた花轎が通るんだ」

見れば、着飾った行列が、大通りの中央を進んでくる。

「花轎? 皇后様が通るの? 見る!」

「やめとけ。……見えないよ。見えるわけがない。中身は空なんだ」

「え? 乗っていらっしゃらないの?」

「死んだ人間が花轎に乗れるわけないだろ」

その声は苛立っているように思えた。

「皇后様がお亡くなりになったの？　だからみんなでお見送りしてるの？」

邑の誰かが亡くなれば、みんなで見送りをする。それを思い出して言った蓮珠に、少年が首を振る。

「違う。皇后になったんだ。死んだ時は皇妃だった。追贈《ついぞう》されたんだ」

「ついぞー？」

華やかに着飾った行列を見つめる少年の横顔に問う。

「死んでから位を贈られること。……死んでからもらったって、意味ないのに」

華やかな行列が突如道の真ん中に止まった。

すると道の両側の大人たちが、手にした袋から取り出した花を次々と行列へ投げかける。風に舞う桂花が芳香をただよわせて、道を白い花弁で埋め尽くしていく。

「すごい！」

思わず叫んだ蓮珠の頭上で、大人たちが叫んだ。

「おめでとう！」

「皇帝陛下、万歳！　皇后陛下、万歳！」

少年は、再び動き出した行列が見えなくなるまで花輴を睨んでいた。

「なにがめでたいものか。……こんな国、滅んでしまえばいいのに」

蓮珠はとっさに、少年の右手を両手でぎゅっと握りしめた。

「……な、なんだよ？」

「大丈夫？　すごく苦しそう……」

「……苦しかったのは、僕じゃない。死んでいったあの人だ」

そんな風には思えない。

彼の目からは先ほどのキラキラが失われ、仄暗い光が揺れている。見ているほうが苦しくなるような顔だ。だったら、きっと本人はもっと苦しいはず。

蓮珠はさっきより強く少年の手を握った。

「お前が泣いてどうするの？　涙拭いて顔を上げなよ」

少年が空いている左手で、そっと目元の涙を拭う。

「どんなに泣いていても、下を向いていたら、大人の視界には入らない。気づいてもらえないんだ。……もっとも、大人は気づいたとしても、気づかないフリをするのが得意だけどね」

気づいてもらえない。その上、気づかないフリをされる。そう言われて、蓮珠は周囲を見渡す。

人波の中、見物客の流れを妨げるように立つ二人の子ども。だが、周囲の人は、まるで二人の存在など、ないもののように通り過ぎていく。

ここはどこだろう。故郷を離れていても、同じ国には違いないはずなのに、目に映るすべてが灰色に見える。

「これがこの世界の現実だ。……今まで知らなかったなら、お前は幸せなんだ」

自分が消えてしまいそうで、蓮珠はさっきとは違う弱々しい力で少年の手を握った。

今度は少年が、蓮珠の手を力強く握り返す。その力で世界が色を取り戻した。

傍らの少年が呟く。

「これは花葬なんだな。あの人は……もう、本当に居ないんだ」

こみ上げる涙を抑えこむ少年の掠れた声に促されて、蓮珠は高い高い栄秋の空を見上げた。

花びらが街の至る所から投げかけられては、風に舞って飛んでいく。

それは美しくて、美しすぎて、泣きたくなった。

第一章　残花

大陸四方大国の一国、西の相国《そう》。その首都、栄秋《えいしゅう》。

国土のほとんどを高地・山岳地帯が占める相国には二つの大河が流れている。国を東西に分ける西河《さいが》と、国の東側を南北に分ける虎児川《こじせん》。その虎児川の河口付近に、この都はある。

海に近い見晴らしのいい平地ではあるが、一国の首都としては手狭な土地だった。街の入り組んだ大路小路に飲食店、酒楼などの店が所狭しと立ち並び、街の北側にある宮城に至っては、皇城も官庁舎も木枠に詰め込んだ大小の箱のような状態になっていた。

「官吏が書類を抱えて関係各所に直接持っていくなんて、ほかの国ではありえないことでしょうね」

陶蓮珠《とうれんじゅ》は、決裁書類を両手に抱えて、皇帝執務室へ続く廊下を歩いていた。

「やってることは、下級官吏の頃とたいして変わらないか」

顎の下にギリギリ押さえこんだ書類を抱えなおして呟いた。

ついでを言えば、自分より上の等級の官吏が廊下の向こうから来るのが見えれば、足を止め、廊下の端に移動し、過ぎるのを待たねばならないのも変わらない。下級官吏生活十年を経て、蓮珠はついに上級官吏となった。だが、九段階に分かれている等級の三番目であり、上級官吏としては最下位。したがって、上級官吏しか入れない皇城内の皇帝執務室への廊下では上の等級のほうが多く、先ほどから足を止めてばかりとなってしまう。

しかし、それですまないのが上級官吏の世界だった。

「おやおや、佩玉《はいぎょく》を持たぬ小物が、このようなところに紛れ込んでいるようですね」

通り過ぎざま、蓮珠より位の高い二人の官吏のうち、一人が嫌味をぶつけてきた。佩玉とは腰帯につり下げる、玉でできた装身具である。相国においては紫の官服、金の腰帯が上級官吏を示す規定服だが、それと同じ感覚で佩玉を身に着けている者が多い。玉の種類や玉の形、それをつるす紐の色でどの派閥に属しているかを示せるからだ。

大陸史上、類を見ない官僚国家として知られる相国では、他国のような貴族層が存在しない代わりに、官僚の派閥があり、朝廷での権勢を競っている。

「皇城内に入れるようにしてやった小間使いでございましょう。書類を抱えて歩くなど、上級官吏のすることではありませんからな」

書類を部下に持たせ、自分は手ぶらで廊下を歩いているだけなのだから、無駄口を叩かずさっさと過ぎていってくれないだろうか。蓮珠は聞こえないフリをして、ただ抱えた書類を少し高く上げて形だけの礼を作り、彼らが過ぎるのを待っていた。

「聞けば、『遠慮がない・色気がない・可愛げがないの三ない女官吏』などと呼ばれていたらしいですからな、噂は事実ということでしょう」

毎回すれ違うたびに言われるので、いちいち目くじら立てて、どこの者に言われたかを確認するのも面倒だ。

そんなことを思い、書類の山に額をつけていた蓮珠の前に、突如影が差す。

「行きか帰りか？」

よく通る声がしたと同時に視界が開ける。気づくと書類の山がなくなっていた。

「……え？」

「執務室に行くところか、それとも部署に戻るところかと聞いたんだが？」

蓮珠が見上げた先には、武官が一人立っている。鎧姿の似合う凜々しい顔立ち、涼しげな切れ長の双眸に形の良い眉。

郭翔央《かくしょうおう》、今上帝の双子の弟である。

その翔央が、少し身を屈め、蓮珠の顔を覗き込むようにして問うてきた。

「し、執務室に行くところです」

「なら、目的地は同じだな。行くぞ」

文官を重用するこの国で、翔央は身分が低く抑えられている武官でありながら、皇帝執務室に入ることを許されている。

先ほどの官吏たちが、蓮珠の時と違い多少声を潜めて言う。

「まったく、政《まつりごと》の場に武官を近づけるなど、主上は、太祖の御意志であるこの国の文治主義を蔑《ないがし》ろにされておられるか……」


蓮珠は、キッとひと睨みして彼らを黙らせてから、小走りで翔央の背を追った。

「申し訳ございません、翔央様を巻きこみました」

「気にするようなことか。お前と居ようが居るまいが昔から言われていることだ。お前が文官になったのとそう変わらないころに武官になったが、その時からずっとな」

苦笑する横顔に、どう返せばいいかわからなくなる。

「しかし、蓮珠。彼らの言うことで一つだけ賛同するところがあるぞ。書類を抱えて歩くなんて、上級官吏のすることじゃないだろう」

「急ぎの決裁だったので、どうしても……」

決裁書類に関しては、それを皇帝執務室に届ける専門の部署というのがある。ただし、一日に数回しか届けてくれない。

「ならば、せめて部下に持たせたらどうだ？　お前の同行者としてなら、皇城内には入れるし、執務室の扉の前まで同行を許可されているだろうが」

「立后式前でみんな忙しいのに書類を持ってもらうだけの仕事を頼むのも悪いかと」

蓮珠が言うと、翔央は呆れた顔で言った。

「お前以上に忙しくしている官吏なんて、そうそういないと思うぞ」

そうかもしれない自覚はある。しかし蓮珠は、一応反論しておくことにした。

「李洸《りこう》様がいらっしゃいます」

「いや、丞相《じょうしょう》と比較するなよ。抱える案件の量も範囲も違うだろう。それに、あいつは自分の手の者をちゃんと使っているからな。それも常に大量に」

背中からたくさん手を生やした李洸を想像してしまい、蓮珠はぶるっと首を振った。

「で、ですが……この国でもっともお忙しい主上に仕える者として、その政務をお支えすべく日々の仕事を精力的にこなしてですね……」

蓮珠が並べる言い訳を、翔央が軽く笑って一蹴する。

「そのお忙しい主上が息抜きに消えるから、俺たちが身代わりをやることになるのだと思うが？」

蓮珠は思わず周囲を見た。

「安心しろ。誰もいないから口にしたんだ。……もっとも聞こえたところで、誰も信じないと思うけどな。武官である弟が兄帝の身代わりになって朝議に出ていたとか、一介の女官吏が威からの妃の身代わりとして後宮の花宮で過ごしていたなんて」

確かににわかには信じがたい話だが、事実翔央と蓮珠の奇縁はそこに始まる。

遡ること五年ほど前、北の大国威《い》との停戦に漕ぎ着けた先帝は、五人の皇子を呼んで、「威の公主を娶《めと》った者に帝位を譲る」という旨の言葉を告げた。これに名乗り出て、二年前に帝位についたのが、第三皇子で翔央の双子の兄、郭叡明《かくえいめい》である。

叡明の即位に対して次期皇帝を目されていた第二皇子の英芳《えいほう》が反発し、帝位の条件である威から嫁ぐ妃――威妃《いひ》を弟帝から奪おうとした。危機感を覚えた叡明は、双子の弟に『留守は任せた』と書き置きして城を出奔し、自ら妃を迎えに行った。

そこから叡明が威からの妃と共に城に戻るまでの期間、翔央が皇帝として玉座に座り、威国語が話せた蓮珠も威妃として後宮で過ごすという身代わり生活を送った。皇帝と威妃は、なにごともなく相国皇城にてお過ごしであることを示すために。

すべては、再び戦争を行なう口実を、威国に与えないためだった。

「あっ、では、この国でもっともお忙しいのは威妃様でございますね。なにせ、出奔中は主上をお一人でお守りし、城に戻られてからも、常に主上の傍らにつき従っていらっしゃるのですから」

翔央が、今度はため息で応じた。

「常にご一緒で仲睦じいことは否定しないが、あの二人を見ていると、どうも皇帝とその寵姫というより、主と忠実な従者に見えてしょうがないのは、俺だけか？」

いいえ、自分もそう見えます。それこそ否定できません。蓮珠は一旦沈黙で肯定を示してから、力強く宣言をする。

「とにかく、立后式は目前です。宮城内に暇な者なんて一人もいないのですから、わたしも頑張らないと！」

翔央が「今以上にかよ」と呟いた気もしたが、執務室の扉の前に着いたので、蓮珠は聞こえなかったフリをした。

上級官吏になった蓮珠が配属されたのは、皇帝直属の新設された部署である。主な仕事は、国家行事の円滑実施のために各官庁をとりまとめを行なうこと。初めて聞いた時、国家行事なんてそうあるわけではないから時間的余裕のある部署だと蓮珠は思ったものだが、実際は多忙を極める部署であった。

たとえば、一つの儀礼が予定されると、その儀礼自体を司るのは礼部《れいぶ》だが、儀礼の会場を整える部署や儀礼後の宴の担当部署は別にある。皇帝・皇族がお出ましになる行啓《ぎょうけい》には栄秋府民の見物人も多いので、儀仗兵《ぎじょうへい》の手配もお通りになる道を警備させる兵の手配も必要になる。こうした人の手配と、儀仗兵らが騎乗する馬の手配は別部署の担当になる。

皇帝直属というのはお飾りの言葉でなく、それぞれの担当部署の仕事が滞ったときには、絶対的強制力を働かせるために必要だからだ。

なお、皇帝自ら命名した部署の名は行部《ぎょうぶ》。曰く、行事を司る部署だから。はっきり言って手抜き感たっぷりで内部からは不評だ。さらには、六部《りくぶ》からも抗議の声が上がっている。新参の小規模部署が、高大帝国《こうだいていこく》時代から歴史があり、それぞれに大きな組織として成立している『部』の名を冠することが気にくわないとのこと。

これらの声に応じて、李洸がすでに改名に向けて動いているそうだ。部署の名前ごときで波風立てたくないというのが、丞相のお言葉である。

「これ、目を通しました。問題ないです、次の部署に回してください」

蓮珠が別の書類の文字を目で追いつつ、傍の下位官に処理済み書類を手渡す。

「さすが陶蓮《とうれん》様です。鬼神の如きご活躍。本日の緊急案件が午前中に三分の一ほど片付きました！」

蓮珠の直属の部下、中級官吏の魏嗣《ぎし》が三白眼を限界まで見開き、受け取った書類を次に回す部署ごとに振り分けていく。ヒョロッと細長い体型からは想像できないほど、すばやく力強い動きは自動《からくり》で動く鞭のようだ。

「鬼神……って、褒めているように聞こえないんですけど」

下級官吏のころから「鬼の形相《ぎょうそう》で書類を片付けていく」だの「あの顔を絵師に描かせたら魔除けとして売れるのではないか？」だのと言われてきた蓮珠としては、いくら『神』とついても褒められた気はしない。

「いえいえ、小官としては絶賛でございますよ、大絶賛！　これより先は『鬼神の如き陶蓮』という二つ名を冠してはいかがでしょうか？」

「西王母《せいおうぼ》様より地上を治めよと玉座を授かった主上からいただいた官名に、『神』の文字を並べるのは不敬ですよ、魏嗣殿」

まだ慣れぬ陶蓮という官名に、蓮珠が引きつった笑みで返すと、魏嗣はしぶしぶ二つ名を引っ込めた。主上にいただいた官名と口にしつつも、それ自体には特段思い入れのない蓮珠だが、余分なあだ名が増えることを避けるのに使えるのはありがたい。

相国では、皇帝が直接面接を行なう殿試を経て、上級官吏として正式な配属先が決まる。殿試は文官の最終試験であり、皇帝への忠誠を誓う場でもある。そして皇帝は、殿試通過者に、自身への忠誠を誓った証として姓に一字を加えた官名を与えるのだ。

相国は官が長く同じ部署に留まることは不正の温床になるという考え方から、長くても三年（女官吏の多くはさらに短く二年）で部署替えをする。つまり、肩書きがころころ変わる。特に上級官吏となると、中央（都）での職と地方の職を兼任している者も居るので、官職名から人を覚えるのは至難の業だ。

それでは朝議で呼びかけるのに不便だからと先帝がお決めになったのが、この官名制度である。皇帝から名を賜るのは名誉だ。さらに先帝は相国一の詩人として知られる文人皇帝だったので、賜る一字も格調高いものだった。官は誰もが喜んでこの制度を受け入れた。

だが、蓮珠が賜ったのは、陶蓮。陶蓮珠の珠の字を落として陶蓮である。本来ありがたいはずの官名だが、蓮珠はどうにも手抜きに覚える。残念ながら先帝の詩心は今上帝に受け継がれなかったようだと考えるか、あるいは、蓮珠相手だからわざわざ手を抜いたと考えるか。というのも、どうも蓮珠は双子の弟を溺愛する今上帝に嫌われている節があるからだ。

そう主上が警戒するようななにかが、自分たちの間にあるわけではないのだが……。

蓮珠は生まれが威国との国境付近にある北部の邑だったために、自然と威国語を身に着けた。敵国語としてつい五年ほど前まで威国語を学ぶことを禁じていた相国で、威国語のできる官吏は稀《まれ》だった。それ故に威妃の身代わりを捜す翔央の目に留まり、声を掛けられたのが身代わり皇妃生活の始まりである。もう数ヶ月前の話だ。

蓮珠が、翔央に言われたのは、「皇帝と嫁いできたばかりの威妃がそろって都城にいないなんて、威国側に知られるわけにいかない。威妃を蔑《ないがし》ろにしたと受け取られたりしたら、再び戦争を起こす理由にされる可能性がある。そのために、身代わりの皇帝と威妃が必要である」というものだった。威国との再戦は絶対に避ける。そのために必要だったのが、威国語が話せる独身女性であり、秘密保持に関して信用できる者。それらの条件を満たせば、誰が威妃の身代わりをしても問題なかったという話であって、蓮珠だから選ばれた訳ではない。

それでも、兄帝の身代わりとなった翔央は、皇帝が本当の寵姫に接するように蓮珠を気遣い、大事にしてくれた。しかし、彼が自分に示してくれるそうした好意は、主上が思うようななにかとは違うものだと蓮珠は思う。

翔央には、自らの手で国民を守るという理想がある。そのために、彼は皇族でありながら武官になった。

それは、相国を戦争のない国にしたいという蓮珠の理想と通じるものだ。彼の好意は、この似通った理想を持つ者への親しみによるものだろう。

翔央は皇族であっても皇帝ではないし、皇帝を守る殿前司《でんぜんし》（近衛軍）ではあっても、国政の中枢に居るというわけでもない。

それでも、蓮珠は祈るのだ。彼の理想が実現されることを。

百官はすべて皇帝の臣であるけれど、できるなら、翔央の理想を支える者でありたい。そのためにも、官吏として国政の中枢に関われる立場にならなくてはならないというのが、蓮珠の目標だ。

一方で、蓮珠は翔央を支えたいという願いの根底にある、彼への想いを自覚している。でも、その想いは、彼の宮妃になりたいと望むようなものではない気がする。

誰か一人を想い、そのために離れた場所から支えて生きるという選択は悪いことではないというのを、後宮での身代わり生活の中で当時呉妃《ごひ》であった呉淑香《ごしゅくか》に学んだ。

彼女は皇妃になることで、先帝の第一皇子でありながら母后の身分の低さ故に皇位継承を放棄した飛燕宮《ひえんきゅう》の秀敬《しゅうけい》様を、遠くから支えようとしていた。権勢を誇った父、呉然《ごぜん》の失脚により、皇妃を辞して道姑（出家した女道士）となった彼女だが、西王母像を前に祈るのは今日もきっと秀敬様のことだろう。

相国では、皇帝の妃嬪《ひひん》を総称していう皇妃も、皇帝の兄弟として宮を賜った方々の妃を指していう宮妃も、高貴な血筋である必要はない。とはいえ、国内から後宮入りするのは、官戸《かんこ》（官僚を出した家）、あるいは形勢戸《けいせいこ》（新興地主・豪商）の娘であり、良家の娘ではある。さらに、この『良家』というのは、たいていの場合、派閥の長の家のことをいうのが普通だ。娘ではなく官僚本人であり、派閥に属してもいない蓮珠には、雲の上の話とまではいかないが、我が身の話としては現実的でもない。

それに、蓮珠には死んでいった両親に託された妹がいる。

蓮珠の九歳年下の翠玉《すいぎょく》は、『行き遅れを通り越して行きそびれ』と言われる蓮珠とは違い、今がまさにお年頃。かつて都の女官だったという母に似たのか、華やかで品の良い雰囲気は、官吏居住区でも評判だ。ようやく自分も上級官吏になったのだから、いい家に縁づけて妹を華々しく送り出すことも、今の蓮珠ならできなくはない。

そう、まずは翠玉の幸せが先なのだ。両親が命を賭《と》して、蓮珠に託した大切な妹なのだから……。

「陶蓮様、書類をめくる手が止まっておりますよ」

言われて蓮珠は背を正し、手元の書類に目を落とす。

「コホン……。ちょっと考えごとです。その……毎日『緊急案件』が山のように回ってくるのですが、緊急じゃない案件はどこでどう回っているのかなって」

「おやおや、それをお聞きになりますか、陶蓮様？」

三白眼を見開かれて、蓮珠はすぐさま前言を撤回する。

「あ、やっぱり聞かなかったことにしてください……」

蓮珠は首を振った。だが、知りたくなくても部署のそこかしこから声が上がる。

「黎令《れいりょう》様は、また御史台《ぎょしだい》に行ったきり戻ってきてません！　これではせっかく陶蓮様に処理していただいた案件が、また溜まってしまいます！」

「おい、誰か張折《ちょうせつ》様を見なかったか？　上長であるあの方の決裁なしには部署をまたぐ案件は回せないんだぞ！」

「どうせ酒を飲みに行かれたのでしょ。あの方が、まともに一日机にいたことなんてありゃしないじゃない！」

怒号が飛び交う行部のいつもの光景に、蓮珠はため息をついた。

この部署で決裁を行なう立場にある上級官吏は、なにも蓮珠だけではない。

上級官吏になったばかりの蓮珠が部署の長になれるわけがなく、張折という長がいる。もっともあまりにも自身の机にいないので、彼という長がいることを、部署の誰もが決裁を他部署に回すときになって思い出すというような人物だ。

そして、もう一人、蓮珠と同じく上級官吏になったばかりの黎令。彼は三十路《みそじ》間際の蓮珠より五歳も年下である。その年齢にして上級官吏に昇ったわけで、李洸に次ぐ才能の持ち主と噂されてきた人物だった。

本人もそれを自慢していたのに、蓋を開けてみたら国政の中枢に遠い、国家行事の円滑実施部署になど配属されたものだから、相当不満があるらしい。彼は常に不機嫌な顔で仕事をしている。不満を隠さない黎令は、上級官吏がわざわざ出向く用事でもないのに、御史台に届ける書類があれば自ら運んでいき、長く帰ってこない。

噂によると、殿試の際に歴史学者でもある皇帝を相手に法令史を語ったらしい。「遠慮がない・色気がない・可愛げがない」の三ない女官吏などと影で言われる蓮珠より、よほど遠慮ない人物である。故に陰では「語りの黎令」などと呼ばれている。

「張折様も黎令様も、決裁書類に署名されるだけのお仕事だから、楽でいいよなあ」

中級官吏の一人が大声でぼやく。片手にはわざとらしく佩玉を振りまわしている。あの玉の形や紐の色は、朝廷でも一二を争う大派閥の家のものだっただろうか……？

蓮珠は手を一瞬止めたが聞こえないフリをして、署名を終えると魏嗣に手渡した。

「だいたい、後宮に入られたばかりの威妃様を早々に立后されるというのが納得いかないよ……」

別の官吏が小声で不満を口にした。

「おいおい、主上の決定だ。悪く言うと御史台がすっ飛んでくるぞ、やめておけ」

止めた者も不満の内容自体には賛同しているのか、苦笑いを浮かべている。

相国の中央機関は主上と李洸による組織改革の途中で、日々部署の統廃合が行なわれているような状態だ。官官、あるいは官民の癒着《ゆちゃく》を取り除き、政治の腐敗を正すことが目的である。そんな中で新設されたこの部署は、ほかの部署からあぶれたような者の寄せ集めといった感じだ。皇帝の忠臣とは言い難く、官僚の縦割り社会に向いていない性質の者たち。蓮珠もまた上の人たちに遠慮がないことで有名だったので、ご立派にこの部署所属の資格ありだ。

「北の草原で馬に乗って、ただ駆けずり回っているような国の公主を、なんだって国《こく》母《ぼ》に据えなきゃなんないんだか」

「たしかに。威国に対して下手《したで》に出過ぎだよな。馬に乗ってばかりだった方じゃ、それこそ儀礼の間中、皇后の椅子に大人しく座っていてくださるのかねえ」

またた……。蓮珠は顔を上げぬように努めた。

「まともな文化がないから、武力でしか話ができない国の公主じゃなあ……。どうする、武芸審査の首席も真っ青の筋骨隆々な皇后とかだったら？」

「やめてくれ〜！　皇后ってのは、なんというかもっと聡明そうな見た目で、国民の尊敬を集められる方がいいよお」

長く戦争をしていた相国ではあったが、戦いの前線は都のはるか北東、威国との国境付近だった。しかも、停戦交渉が続いたこの二十年ほどは大きな戦闘もほとんどなかったため、国内でも北東部以外で生まれ育った人々にとって威との戦いは遠くの出来事であり、威国の軍隊が高い機動力を持つ統率のとれた組織であることを直接知っている者は少ない。戦いにおいて手加減を知らず、邑どころか郷まるごと壊滅させることだってやってのける。それが、威国軍というものだ。

だから、蓮珠の故郷である白渓《はくけい》が焼かれた時も、威国によるものと言われたのだ。

その停戦交渉中の最も大きな傷と呼ばれる『白渓の悲劇』さえも、彼ら中央に近い地域に生まれ育った者たちにとって、見知らぬ土地の遠い出来事でしかない。

だが、当の白渓出身の蓮珠にしてみれば、夏の夜に焼け落ちていく故郷の光景は、胸に深く刻み込まれている。

「手元で滞っている案件をください。立后式は目前です、雑談をしている時間はありません。わたしのほうで処理します」

戦禍を知らぬ者ののん気な雑談への苛立ちをそのままに、咎めるような口調で言って、蓮珠は椅子を立った。部署の室内が静まりかえる。

「……あ、こ、この案件は……小官でも処理できますので……」

近場にいた下級官吏がビクンと身体を震わせると、書類を抱えて離れていく。

書類を蓮珠に渡しに来る者はなかった。仕方ないので、椅子に腰を下ろす。

「陶蓮様、お立場をお考えください。下の者の案件は回ってくるまで手を出さずともよいではないですか」

魏嗣が小声で言った。

「速やかに決裁を回すよう促す立場というものを考えた上で言ったつもりです」

蓮珠としては、下級官吏のころから一つの方針に基づいて仕事をしている。それは、与えられた仕事は滞りなく速やかに完了することである。

魏嗣のため息が聞こえた。

「魏嗣様も佩玉持ちでもない人の下とは運がない……」

誰かが忍び声で言う。中級官吏・下級官吏は上司の推挙で上級官吏への道が開ける。でも、派閥に属さない蓮珠が上司では、推挙を出されたところで、それが上まで通る可能性は低い。蓮珠はそのことで魏嗣に申し訳なく思っていた。

もっとも、それは蓮珠自身も変わらない。派閥に属していないことが不利だというなら、自力で官位を上がるしかない。そのために一つでも多くの実績を積んでいく。蓮珠は新しい書類を手にして、そう心の中で繰り返した。

どれくらいの時間が経ったのか、顔を上げたら魏嗣が灯りに新しい油を足していた。

「……部署のみんなは？」

「集中しすぎですね。皆、一応陶蓮様にお声掛けして帰って行きましたよ」

「……そう。ん？　張折様と黎令殿は？」

思わず立ち上がって上司の机を覗き込む。机に積み上げられた書類の山は高くなってはいなかったが、低くもなっていない。

「戻られたり、出ていったりを繰り返されていましたよ。……そう言えば、一刻前からはお戻りになっておられないですね。本日は退庁されたのでは？」

蓮珠は机の上にある決裁済の書類の山を見る。

「今日の緊急案件は、どの程度片付きましたか？」

「八割方、次に回せましたよ。さすが『鬼の如き陶蓮』様です」

不敬だと『神』をとってもらったら、単なる悪口になった気がするのだが……。

「今日の緊急案件と明日分の緊急案件の振り分けなおしは、わたしがやっておきます。魏嗣殿も上がっていただいて大丈夫ですよ」

「陶蓮様こそ、ご帰宅なさるべきでしょう。振り分けでしたら、陶蓮様が朝議にお出になっている間に小官のほうで行ないますので。小官の振り分けをご信用いただければの話ではありますが」

魏嗣の目が、蓮珠を真っ直ぐに射貫いてくる。

蓮珠は、書類を持った手を降ろすかどうか迷った。魏嗣の仕事は確かだ。正直、何故この人が中級官吏に留まっているのか不思議なくらいに、魏嗣は優秀な官吏である。いや、どちらかというと、何故このあぶれ者の集まりのような部署に配属されたのかのほうが不思議だ。

「……わたしは魏嗣殿のように有能な副官についていただいて、本当にありがたく思ってます。むしろ、信用ならないのは自分自身です。だから、どの案件にも一度は目を通しておきたくて……」

三白眼の中級官吏は赤い官服を見下ろして、小さく笑った。

「書類の山をあなた様の前に置いている小官が言うことではありませんが……陶蓮様は、もっと書類以外のものもご覧になったほうがよろしいかと」

「それは……どういう？」

首を傾げた時、部署の扉が開いた。

「閉門時間である。速やかにご退庁願いたい……って」

灯りを手に見回りにきた皇城司《こうじょうし》が扉を開いたまま動きを止める。

城内用の鎧に携えているのは剣でなく棍杖《こんじょう》。翔央だった。

「しょ……」

翔央の名を口にしそうになって止める。それは皇族としての彼の名であるし、なにより上級官吏でもまだまだ下っ端の蓮珠が、宮の名である白鷺官ではなく名そのものを気安く口にするなど許される話ではない。

「おや。見回りご苦労様ですね、郭華《かくか》殿」

蓮珠が何か言う前に魏嗣がそう声を掛ける。武官としての翔央は、郭華という官名を賜っている。武官も殿前司になる際、主上に拝謁する。その機会に武官名を賜るのだ。蓮珠も城内で会った際には武官名で呼びかければいいのだが、どうも翔央を武官名で呼ぶことに抵抗があって、いまもなんとなく声を掛けられないまま、彼を見つめるよりない。

「……そうだ、郭華殿。我が上司がお帰りになるそうなので、城門まで送っていただけますか? 仕事仕事で机から離れようとなさらないので、戻ってこないようにしっかりと送ってください」

「ちょ、魏嗣殿? いや、ちゃんと自分で帰りますよ!」

魏嗣は蓮珠の声を聞き流し、その背を翔央のほうへと押し出す。

「承りました。魏嗣様もすみやかな退庁のほど、お願いいたします」

武官としての翔央は、中級官吏の魏嗣よりも身分が低い。頼まれごとを受け入れて深く一礼すると、蓮珠の官服の首根っこを持った。

部署を引きずり出された蓮珠は、抗議の声を上げる。

「しょ、翔央様、この扱いおかしくないですか? わたし、一応紫の衣をまとっているんですけど！」

「このような月明かりもない夜では、暗くて衣の色など見えませんな」

そんなとぼけたことを言いながら、翔央は蓮珠を引っ張っていった。


夜の宮城内は、警備のための篝火《かがりび》が等間隔で置かれている。そのため、官庁舎から宮城の正門である南門《なんもん》へ向かう道は遅い時間であっても明るい場所が多い。そのあたりまで来て、ようやく蓮珠は猫扱いから人扱いに戻り、石畳の道に降ろしてもらえた。

「仕事の虫め。本物の虫扱いされなかっただけマシだと思え」

「虫って……、そういう翔央様だって、皇族としての公務と武官としての任務を抱えていらっしゃいますよね。今日だって、こんな時間まで働いているじゃないですか」

蓮珠は翔央を見上げて口を尖らせた。

「俺は仕事の虫じゃない。特に公務は生まれの問題であって、好きでやっているわけじゃないからな。やらなくていいことは徹底してやらないようにしている」

そう言って翔央は胸を張ってみせる。

たしかに翔央は成人した皇族でありながら、朝議には出てこない。国家儀礼では皇族としての列席義務がないものは、すべて出ないようにしていると聞いている。

「……でも、結局どっちも手を抜かないじゃないですか。今では皇城司の統括だってされていますよね？」

蓮珠の指摘に翔央が渋い顔をした。

「仕方ないだろう、英芳兄上が都を去られたのだから。皇城司を統括するには、その職掌《しょくしょう》を多少なりとも理解していなければ難しい。国内一級文化人の秀敬兄上は向かないし、利発とはいえ、七歳の明賢《めいけん》にはまだ早い。俺しかいなかったんだ」

先帝の皇子にして、今上帝の兄弟は、それぞれに皇族としての公務を持っている。

皇城司は宮城警備を司る部署で、翔央はその統括の立場にある。かつてその立場にあったのは、先帝の第二皇子英芳《えいほう》だった。

その英芳は威妃を手に入れて、帝位を簒奪《さんだつ》しようとした。その罪は、翔央の働きによって明らかとなり、英芳は、皇位継承権の放棄、豊かな封土の返上、都からの半永久的追放の罰を受けたのである。

英芳の公務は翔央に引き継がれた。理由は本人も言ったとおり、他に適任者が居なかったからだ。元から抱えていた廂軍《しょうぐん》（地方軍）統括に加えて都仕事も増えたわけで、都と地方を頻繁に往復する生活を送っているという話だ。

　その翔央の多忙に、さらなる多忙を強《し》いろうとする声が近づいてくる。

「翔央様？　お探しいたしました！」

　振り返れば丞相の李洸が、彼には珍しく走っている。

「南門付近で皇城司が侵入者と交戦中です。お越しいただけますか？　ちょうどいい、陶蓮殿もご同行ください」

　見れば李洸が常に笑顔に見える糸目顔を、わずかにゆがませていた。

「こんな夜半に侵入するのに、なんで宮城の正門なんて使ってんだ？」

　翔央はすぐさま走り出し、腰帯あたりに下げていた棍杖を手に握りしめた。

　李洸は翔央の問いに少し考えてから応じた。

「そうですね……新手の道場破りのようなものでしょうか」

　走りながら蓮珠と翔央は顔を見合わせる。

　皇城司は、宮城警備を司る軍部とは別の意味で戦闘専門集団である。そこに道場破りとは、いったいなにが起きているのだろうか。

「……し、しかも、なぜ……わたしも……？」

文官の上に小柄相応の歩幅しかない蓮珠は、前を行く翔央、李洸から明らかに遅れていた。息が上がるほど必死に走っているが、追いつける気がしない。

「蓮珠！　キツかったらお前は歩いてもいい。ただ、遅れてもいいから、南門には来てくれ。李洸がお前もと言った以上、必ずお前が必要になる。こいつは無駄な要求はしない男だからな」

翔央が肩越しに蓮珠に声を掛けると、むしろ足枷《あしかせ》がなくなったとばかりに速度を上げて、離れていく。

「さ、さすが……皇族といえども武官！」

感心しつつも、本当に歩くわけにはいかないので、とにかく前へと足を進める。

ようやく宮城の南門の近くまできたところで、皇城司がわらわらと動いているのが目に入ってきた。その手に松明と抜き身の剣を持っている。

「これ……本当に自分が必要な状況ですか？」

思わず呟いたところで、閉ざされた南門前の人だかりの中心から声が聞こえてきた。

『もう誰もいないの？　こんなことで、お前たちは姉様を守れるわけ？』

まだ若い女性の声だが、威国語で話している。

人だかりを前に翔央が足を止めて、様子を窺っていた。蓮珠は彼に歩み寄ると、これが自分を必要とする理由だったかと悟り、少女の言葉を相国語に訳すことにした。

「周囲に対して、姉を守れるのかと問うております」

「姉だと？　……まさか……」

翔央は思い当たる人物がいるのか、人だかりを退かし、前へと出て行く。

その背を追いかけた蓮珠は、南門前のあり得ない光景に呆然とした。

槍《やり》一本携えただけの少女の周りに皇城司が倒れている。ある者は仰向けで、またある者はうつ伏せで。その数、五十人以上はいそうだ。

『あら、棍杖が獲物だなんて、毛色の違うものが出て来たようね。ふ～ん……』

黒衣の少女は、そこまでを威国語で言ってから相国語で声を上げた。

「弱い者に興味はないわ。いいかげん強い者を出しなさいよ！」

言われて人だかりの中から幾人もの皇城司が飛び出す。コケにされた怒りのままに、少女に襲いかかろうとする彼らを、翔央が一喝した。

「そこまでだ！」

翔央のよく通る声が、広場の空気をビリビリと震わせる。

蓮珠が初対面の時に、大音声で大軍を率いることがないのを残念に思った美声が、思いがけないところで真価を発揮した。その場の誰もが動きを止める。少女さえも槍を構えたまま静止していた。

「煽《あお》られるな。全員下がれ!」

怒気を含んだ翔央の声が、誰も逆らえない力強さで聴く者を身体ごと震わせる。

翔央は長身相応の重さを感じさせない軽やかな動きで少女へと歩み寄る。

『なんだ、まともな兵もいるんじゃない……』

篝火に照らされた少女の顔が、ゾッとするような笑みを浮かべた。

これだけの人に囲まれても、少女は臆することなく堂々と顔を上げている。年頃は十代半ばくらい、まだ頬の線に幼さが残っていた。華やかな顔立ちを際立たせる黒髪が緩やかに波打ちながら腰のあたりまで広がっている。大きな瞳に、好戦的な表情を浮かべた彫りの深い顔は、典型的な威国人の風貌だった。

「……李洸、お前は面識があったな。どうだ?」

翔央が後方に問い掛ければ、李洸が周囲にも聞こえる声で答えた。

「間違いありません。威国十五番目の公主……黒公主様《こくこうしゅ》にございます！」

周囲にざわめきが拡がる。同時に次々と皇城司が武器を下ろし、その場に跪く。

『なんだ、もうバレちゃったのね。つまんないの……』

少女が頭上に構えていた槍を降ろした。

『あなたが相手をしてくれるってわけでもなさそうね。多少は楽しめそうなのに』

蓮珠は言われたことの主旨だけ伝えた。そのまま訳すのは、あまりに不敬が過ぎる。

「伝えろ。遠慮する。外交問題になりたくない、と」

蓮珠が言葉の調整をしているのは双方わかっているようで、睨み合いは続いていた。

『こちらだって外交問題は避けたいから斬《き》ってないのよ。でも、残念。あなたとなら遠慮なしに剣を交えることができそうに見えたのに……』

たしかに翔央は武に長けている。それは、自らの手で国民を守るという信念の元に修練を積んだ結果だ。だが彼が武人としての技量を存分に発揮する場は皆無に等しい。

本来であれば、強さを示せば武官としての地位は上がるはずだ。だが、ほとんどの文官は武人の技量に理解がない。さらに翔央の生まれだけで判断し、皇帝に進言するのだ。「皇族だからといって地位を与えるのは良くない」と。

実際、殿前司の一員であるだけで批判されている。

加えて、翔央の地位を低く押さえつける者たちがいる一方で、宮廷内の一部には、改革を推し進める皇帝に対抗して翔央を担ぎ上げようとする動きもある。これを避けるために、翔央は武官として必要以上の権力を持たないようにしている。

この両面の理由によって、将軍にもなれる実力を持ちながら、武官としての翔央は出世を避けるために武人としての技量を隠していた。

『……それにしても、これでもみんな威でいうところの皇宮衛兵《こうぐうえいへい》なのよね？ 相の皇族は安心して眠れそうにないわね。姉様の寝不足が心配だわ』

蓮珠の知る限り、威妃は誰かが守らなければならないほど弱くない。むしろ、主上の安眠をお守りしている気がする……。

蓮珠はそんなことを思いつつ、翔央に訳した。彼は威の公主の煽りに応じることなく近くの皇城司に声を掛けて、宮城内に威からの国賓到着を伝えるように命じた。

第二章　花蕾

夜半の宮城南門を騒がせたのは、威公主《いこうしゅ》。威国の首長《しゅちょう》の名代として立后式に列席するため相国を訪れたという国賓だった。

大騒ぎの経緯はこうだった。

威国一行が西河と虎児川を使い、船にて栄秋入りしたのは昨日の夜。城への挨拶をするには、すでに遅い時間になっていた。そこで一行は、用意されていた逗留先へと向かったそうだ。宮城からそう遠くない場所にある元皇族の屋敷を払い下げた最高級旅館で、ここに入る時点では威公主はたしかにいらしたそうだが、次に気づいたときにはすでに姿がなく、一行も旅館で大騒ぎになったとか……。

威公主本人の言によると、どうしても威妃に到着を知らせたくて城まで行ったが、門が閉まっていたという。しかし、そこで『やっぱり明日でいいか』とならずに『城門を越えて入ればいいか』となるあたり、なかなか常人ではない。

宮城内は、朝から威公主の話題で持ちきりだった。蓮珠も朝議を終えて部署に戻るなり、質問攻めにあっている。

「陶蓮様、威公主をお近くでご覧になったんですよね？　どんな方でした？」

騒ぎに巻きこまれた蓮珠が自宅に帰れたのは、かなり遅くなってからだった。おかげで寝不足である。

「はい。……怖かったです」

寝不足の頭で、蓮珠は飾ることなく素直な印象を口にした。だが、部署の何人かはこれを誤解して、わーっと盛り上がる。

「あ、やっぱり北方騎馬民族なんて熊みたいなんだよ!」

「馬に乗る熊ってなんだよ!」

これはひどい言われようだ。自分の言葉がよくなかったと、蓮珠は自ら訂正した。

「いいえ。見た目は小柄で華奢で可愛らしい方でした。でも、大槍を軽々と頭上で回していましたね。あげく皇城司を煽る顔が壮絶で……」

篝火に浮かび上がったあの笑み。とうぶん夢に見そうだ。もちろん悪いほうの夢に。

「災難でしたね。小官が郭華殿に送っていただけるようお願いしたばかりに……」

魏嗣が申し訳なさそうに言うので、蓮珠は首を振って応じた。

「あ、いいえ。……あの感じだと、いずれにしても巻きこまれた気がします。あのまま官庁舎にいても、おそらく李洸様に呼び出されたでしょうし」

李洸の名を出したことで、部署内がいっそうざわつく。

「陶蓮様は李丞相と面識がおありなのですか?」

三人いる相国丞相の中でも李洸は、もっとも皇帝に近い存在として認識されている。派閥にも属していない蓮珠が、まさに国政の中枢にいる李洸からお呼びがかかるというのが信じられないようだ。

「威国語ができるということで、何度かお声掛けいただいているだけですよ。特別親しいというわけでもないですから……」

どこから身代わり生活がバレるかわからない。そのために蓮珠は主上とは殿試だけ、威妃とは面識もないことになっている。李洸とも丞相と上級官吏のうちの一人の距離を保っている。

「おぉ、陶蓮様って威国語ができるんですか?」

「ええ。生まれた邑が威国との国境に近かったので自然と……」

なんだか人に囲まれているせいで、仕事に集中しにくい。蓮珠はため息が出た。

「へえ。じゃあ、威国の公主なんて、憎くてたまらないんじゃないですか?」

机を囲む者たちの中からそんな言葉が投げかけられる。

「えっ?」

蓮珠は威公主と憎しみが自分の中で結びつかず首を傾げた。

「だって、威国に近かったってことは戦禍を被ったのでしょう？」

これには、ドキッとさせられた。

蓮珠の故郷白渓《はくけい》は、記録上は威国軍の夜襲を受けて焼かれたことになっている。だが、実態は当時の停戦交渉に水を差すべく反和平派の官吏が仕掛けた企てだった。その官吏の名は呉然。呉淑香の父親である。皇帝・皇妃殺害を企てた罪により、すでに失脚した高官だが、罪状に白渓のことは入っていない。

しかし、もう蓮珠は知っている。蓮珠の邑は自国の者に焼かれたのだ、と。だから、蓮珠が憎むべきは威国ではないのだが……。

「それはそうなんですが……」

蓮珠はうまく答えられなかった。押し黙る蓮珠の傍らで、パンパンと手が打たれる。

「みなさん、陶蓮様の仕事の邪魔ですよ。国賓到着となれば、いよいよ立后式も目の前です。我ら行部の仕事もここが正念場ではありませんか？」

魏嗣が三白眼の威力を存分に発揮して、蓮珠の机に群がる部署の者たちを追い払う。

「おう、なんだ大人気だな、陶蓮」

それぞれが机に戻っていくのを見送った張折が蓮珠に声を掛けてきた。特徴的な白髪交じりのぼさぼさ頭に無精髭。口元には皮肉屋っぽい笑みを浮かべている。

「その人気者にご指名だぜ」

張折が視線で部署の扉のほうを示す。そこには顔見知りの李洸の部下がいた。

「なにごとでしょうか……」

嫌な予感がした。まさかこの立后式目前に身代わりの必要が生じたのだろうかと。

「とにかく行ってこい。ここも緊急案件ばかりだが、あっちも緊急案件ばかりのようだからな」

上司に送り出されてから、彼が朝から部署にいるなんて珍しい！　などということに気づくほどに、寝不足の蓮珠は頭が回っていなかった。その回らぬ頭で連れていかれたのは、この国で最も頭の回る方の目の前だ。

璧華殿《へきかでん》の皇帝執務室。皇帝とその選りすぐりの側近だけが入れる部屋である。

「よく来たな、陶蓮」

この部屋の主にして、この国の主。相国第七代皇帝郭叡明《かくえいめい》。翔央の双子の兄である彼は、翔央とそっくりの顔でありながら跪礼する蓮珠を冷たい目で見下ろしている。周囲から頭が良すぎて不安になる人物と評判の皇帝は、前置きなしに本題に入った。

「お前、後宮に入らないか？」

一介の女官吏が、皇帝の指名を受けて入宮。なんだかどこかの物語にありそうな話ではあるのだが、ちっとも心躍らない。ドキッとしないどころかゾッとする……。

蓮珠は思わず助けを求めるように、叡明の傍らにいる李洸を見た。

「まあ、そう怯えずに。陶蓮殿のお力を遺憾なく発揮できるお仕事ですから。ええ、大丈夫ですよ、あくまでお仕事です」

李洸が蓮珠に微笑みかける。この人の笑顔ほど怖いものもない。糸目もあって感情が多少伴わずとも常に笑顔に見える人なのに、とにかく威圧感がある。

味方がいない……。蓮珠はその場に叩頭《こうとう》すると、声を絞り出した。

「……はい。お話をお伺いします」

皇帝と丞相からの仕事なんて、正直嫌な予感しかしないのに……。そう思いつつ、仕事の説明を受けた蓮珠は、まず首を傾げた。

「威公主様のお世話……ですか？」

後宮に入れと言うから妃嬪としてかと思えば、女官としてとのことだった。ものすごく安堵した……と言ったら間違いなく不敬の罪に問われるので、ここは黙っておく。蓮珠だって、身代わり生活で学んだのだ。遠慮すべき場では遠慮することを。

「……ですが……なぜ本当の女官でなく、わたしのような官吏を？」

自分で言うのもなんだが、誰かの世話をやくのに向いた性格だとは思えないのだが。

「察しが良くて助かるぞ、陶蓮」

しばらく黙っていた叡明が話に入ってきた。

「お前には、威国側の狙いを探ってほしい」

叡明によると、そもそも威国が成人前の公主を国賓として出してきた理由がわからないらしい。本来ならば成人した皇子あたりが妥当なところだという。

「しかも、威公主の逗留先として用意した旅館は部屋が狭くて耐えられないと、早々に威宮《いぐう》に転がり込んできた」

問題の逗留先は、元皇族の屋敷を払い下げた最高級旅館だ。耐えがたいほど部屋が狭いというのは、少々無茶な言い分で、威妃の居所である威宮に移りたいための口実である、というのが叡明と李洸の見解だった。

「それでお世話する者を『後宮の女官として』入れるわけですか」

蓮珠は納得したと同時に、南門で威公主が口にしていた「姉を守れるのか」という問い掛けを思い出す。

「……威妃様が……お姉様が心配で自ら志願して相にいらしたのでは？」

そうだとしたら、ちょっと心温まる姉妹愛の話ではないかと思ったが、心温まる話はすぐさま否定される。

「威妃と威公主は、ほぼ面識がないはずだ。それというのも威国では、公主はすべて生母の出身部族の土地で成人するまで育てられることになっている。ただし、成人したら宮城に戻されて、すぐに首長が決めた相手に嫁ぐことになっているから、母違いの公主同士が知り合う機会は皆無に等しい」

この国最高の頭脳である皇帝と相国史上最も有能な丞相がそろって威国の狙いが見えないというなら、蓮珠ごときにわかるような理由ではなさそうだ。

「威公主は、なにかを隠している。それを探り出してほしい。立后式に影響を及ぼす類《たぐ》いのものかもしれないから、放っておくわけにもいかないのでね」

「そういったことは皇城司の専門では？」

皇城司は宮城警備とは別に各種諜報活動を行なう者も属している。蓮珠は上級官吏になるまでの十年間にさまざまな部署を渡り歩いたが、さすがに諜報活動に従事したことはない。威妃の身代わりでちょっと潜入捜査的なことをしたが、すぐに相手に見つかるし、捕まるしの体《てい》たらく。専門分野はやはり専門家に任せるべきだろう。

「そもそも小官には、なにをどうやって探るのかすらわからないのですが……」

蓮珠の疑問に今度は李洸が応じた。

「余分なことは考えなくていいです。あなたは威公主の近くに居て、その言動や周囲の出来事、誰と交流を持ったかなどを報告してください。それだけの仕事です。そこから狙いを読み解くのは主上と小官の仕事です」

「ますます小官である必要性がわからないのですが？」

さらなる疑問を口にしたが、重い声が蓮珠の頭を押さえつけてくる。

「陶蓮。これは皇帝の命令だ、お前に否はない。……行部の職掌《しょくしょう》は、国家行事の円滑実施であるはずだ。立后式の国賓がなにかを隠していることで、その円滑実施の妨げになると思わないか？　だから、これはお前の仕事で間違っていない」

たしかに、皇帝は百官の長だ。そして、これが官吏としての仕事なら受けて然るべきである。

「……承りました」

その場にぬかずいた蓮珠の背後で、勢いよく扉が開いた。

「聞いたぞ、叡明。……蓮珠を後宮に入れるって、どういうことだ？」

翔央が肩で息をしていた。鎧甲がその継ぎ目でカチャカチャと音を立てる。

「翔央様？」

翔央は常にないほどきつい視線を兄帝に向けていた。これを受ける叡明は、それを面白そうに眺めている。

「耳が早いね、翔央。でも、もう決まったことだ。陶蓮も承諾したしね」

「承諾？　本気か、蓮珠？」

翔央が跪き、蓮珠に詰め寄ってきた。人前で瞳を覗き込むように顔を寄せられて、思わず身を引く。

「……あ、はい……。行部官吏としての仕事ですので」

蓮珠の答えに、翔央は床を睨むように下を向いてから、顔に手をやった。

「そういうことだよ、翔央。僕は陶蓮と仕事の話をしているんだ。武官は部屋から出てもらえるかな。……激高？　羞恥？　なんだか顔が赤いね。ちょっと風に当たっておいで」

翔央は無言で立ち上がると、入ってきた扉を出ていく。

「翔央様！」

蓮珠は立ち上がり、その名を呼んで背を追った。

廊下に出た蓮珠は、翔央の背に声を掛けた。

「翔央様、わたしは威公主様のお世話をする仕事のために、女官として後宮に入るだけですから」

翔央は足を止めると肩越しに蓮珠を振り返る。その表情は苦しそうだ。

「女官として、か。……百官が皇帝のものであるように、後宮の女は妃嬪であろうと女官であろうと皇帝のものなんだ。お前がどう思っていても、周囲の目は、お前をそういう存在として見る。一官吏としてではなく、後宮の女官であり、皇帝のものだと。それを承知の上で、お前が仕事を受けたのだとしても、俺は冷静ではいられない。お前がどんな目で見られても、後宮では守ってやれない。そのことがもどかしい……」
翔央は執務室に入ってきた時とは違い、静かな声でそれを言った。
返す言葉のない蓮珠は、その場に立ち尽くすよりなかった。

第三章

花心

後宮西五宮の最奥に艶花宮《えんかきゅう》はある。通称、威宮《いぐう》。威妃が賜った花宮（皇妃のための宮）で、花紋《かもん》は芍薬である。

『本日より威公主様にお仕えさせていただきます、陶蓮と申します』

蓮珠は跪礼して、威国語で名乗った。

威国風の大部屋区切りの造りが特徴の威宮。そのなかでも最も大きな部屋の長椅子に、少女が斜め座りしている。彼女こそが威国からの国賓、威公主である。

昼間の明るさの中で改めてその姿を見た威公主は、やはり見た目には小柄で華奢で可愛らしい少女だった。着ているのは、いわゆる胡服《こふく》で直襟に細い袖が特徴だ。身ごろは黒錦、銀糸で草木が刺繍されている。その身ごろは地面につくほど長く、裾から細かなひだを持つ裙《くん》の鮮やかな紫色がのぞいていた。

威公主は目尻の上がった大きな瞳を半分ほど細め、蓮珠を見下ろす。

「あら、オマエは南門のところにいた武官の通訳じゃない？　ふーん、ようやくまともに威国語を話す者を出してきたってわけね。でも、その程度でワタクシが懐柔できると思わないことね。威宮を出ていく気はさらさらないから」

第一声で牽制された。それも相国語で返された。

しかし、威公主が自分を覚えているとは意外である。だがそれ以上に、「武官の通訳」という言葉に蓮珠の胸は痛んだ。その武官とは、ほかならぬ翔央のことだから。決定から半日で後宮入りした蓮珠だが、翔央とは顔を合わせていない。もっとも顔を合わせても、なにを言っていいのかわからないのだけど。

黙ったままの蓮珠に、威公主のほうから声を掛けてきた。

「それにしても、陶蓮は通訳なの？　通訳もできる官吏なの？　この前着ていたのは相の官服でしょう？　でも、いま着ているのは、後宮の女官のものよね……？」

たしかにややこしいことになっている。万が一、官吏であることがバレたときのことを李洸と打ち合わせておいて良かった。もしかすると、李洸も南門での遭遇のことが気になっていたのかもしれない。

「その中ですと、通訳もできる官吏というのが近いです」

「じゃあ、後宮の女官の格好をしているのは、どうして？　趣味？」

挑戦的な笑みに、できるかぎり冷静に答える。

「相の官吏は男女同型・同色の官服にございます。後宮のような場では、男が入ってきたと間違われるような服装は避けるべきとの判断にございます」

「あっそう、ひどくつまらない理由ね。……誰もやりたがらない『国賓を後宮から追い出す』仕事にようこそ。時間のムダだってのに。相の官吏はそんなに暇なの？」

皇帝の命令でここに来たわけだが、正直暇という言葉から最も遠い状態にある現場を外れてきたので、さすがにこれには反論しておきたい。

「威公主様は、我が相国の国母となられる威妃様の妹君にございます。大切なお客様に快適にお過ごしいただくために礼を尽くす。そのために小官が遣わされたのです。追い出すためではありませんし、暇だからなどということでもございません」

「大切なお客様なんて、よく言うわね。……相の官吏なんて誰も彼も、威の者は野蛮な田舎者ぐらいにしか思っていないくせに」

威公主は相国の考えなどお見通しだとでもいうように、冷ややかな笑みを浮かべた。

「いいえ。小官は威妃様を皇后にお迎えできたこと、西王母様に深く感謝しておりま す。ですから、その威妃様の妹君にお仕えできることとて望外の喜びにございます」

実際、自分などが身代わりを務めさせていただいてることが申し訳ないと思うくらいに蓮珠は威妃を尊敬している。

なんと言っても、常に主上の傍らにあって、馬を操り、美技と噂の剣技でその身をお守りもする。そんな妃、聞いたことがない。まさに最強の妃ではないか。

これを天に感謝しなくて、なにを感謝するというのだろう。

「わたくしも、あなたがいらしてくださったことに感謝しておりますよ」

背後からの声に、蓮珠は改めて背を正した。

現われたのは、この威宮の主、威妃である。数日後には威皇后と呼ばれ、この国の女性最高位に立つことになる人だ。

蓮珠は、威妃不在時の身代わりという立場上、威妃が威宮にいる時に後宮に入ることはない。顔を合わせるのは、せいぜい入れ代わる時くらいなので言葉を交わすこともなく、ほとんど初対面のようなものである。そのために、蓮珠は緊張していた。

「陶蓮ですね。よくきてくれました」

そう言って微笑む威妃は、月白の錦に花紋の芍薬《しゃくやく》が刺繍された袍《ほう》をまとっていた。銀細工を施した腰帯には鈍色《にびいろ》の鞘に入った剣を下げている。

また、威宮内なので蓋頭《がいとう》をしておらず、天女のごとき容貌を露《あら》わにしていた。威公主とは違いこちらは大人の女性の引き締まった顔立ちをしている。その端整な顔立ちに長く伸びた黒髪を一本にまとめた姿は、美しくも凜々しい。

「姉様の知っている者なの？」

威公主は同じ長椅子に座った威妃に問い掛けた。

「いいえ。わたくしは後宮暮らしの身ですから、ごく限られた官吏の方々以外は面識がありません」

蓮珠は心の中で頷く。「威妃が一介の官吏と面識があってはいけない」と。行部の同僚に李洸のことを聞かれた時と同じ対応だ。

「そう。……じゃあ、まだ信用するわけにもいかないわね。どれほどワタクシに仕えてくれるのか、さっそく見せてもらおうかしら」

なんだろう？　蓮珠が思わず威公主の顔を見上げると、彼女は長椅子を立ち、奥の一室の扉を開いた。

威宮暮らしの経験から、蓮珠はそこが寝室であることを知っている。とんでもなく広い上に、蓮珠が横に五人は寝られる大きな寝台が置かれた部屋だ。

だが、扉の向こうに広がっていたのは、ありえないほど散らかった部屋だった。

「ワタクシが快適に過ごせるように片付けておいてちょうだい」

「はい……？」

威公主は、フフンと鼻で笑うと、寝室を抜けて中庭へと去って行った。

「陶蓮殿、申し訳ないのですが頼めますか？　わたくしは彼女から離れるわけにはまいりませんので」

威妃は長椅子を立つと、威公主を追って中庭へと向かう。

「はい。お任せください」

蓮珠は跪礼で見送る。

後宮内では外と違い、威公主に通常の護衛をつけられない。そのため、後宮内の威公主の周囲には威妃が目を配っているのだ。そちらは蓮珠にはできない仕事なので、大変ありがたい。文官は、基本的に武術が苦手なものなので……。

「で、これは、まさにわたし向きの仕事ね」

蓮珠は室内を見回すと、不敵な笑みを浮かべた。

身代わり中の蓮珠が身の置き所のなさを感じるほどに広い寝室の床が、ほとんどもので埋まっている。読み散らかされた本、碁盤と碁石……。薄絹もたたまれもせずに床に落ちている。

「久しぶりだな、こういう部屋の掃除って……」

故郷を失い、妹と二人で都に来てからの蓮珠は、数年間を福田院《ふくでんいん》（養護施設）で過ごした。子どもは大部屋に集められ、寝食を共にするのだが、その部屋は散らかり放題で、目に余るほどになると年長組に掃除命令が下る。蓮珠は大部屋の子どもたちの中では年が上だったので、よく散らかった部屋の掃除をしていた。

「こういう風に威宮で過ごすのも新鮮ね」

蓮珠は床に散らばった本を拾い上げながら、小さく笑う。こういう仕事に夢中になることで、翔央のことばかり考えてしまうことから離れたかった。

「だって……仕事を投げ出すわけにいかないから」

どれほど胸が痛んでも、仕事はしなければならない。気持ちの切り替えは難しいが、仕事をすることで心が仕事に向くのは、今の蓮珠にとってありがたかった。

半刻ほど経って、中庭から戻ってきた威公主は、寝室を確かめるなり居間で控えていた蓮珠のもとに飛んできた。

「陶蓮、なんなのあの部屋は！」

大きな目をいっそう大きく見開いている。

「あ、お戻りになりましたね。よかったです。涼しくなってきましたから、そろそろお声掛けしようかと思っておりました。お茶のご用意をいたしましょうか」

本は本で集めて並べ、絹は絹でたたんで積み上げた。碁石は拾って碁笥《ごけ》に収めて碁盤の上に置いてある。装飾品は一箇所に集めた上で分類しておいた。

それですっかり寝室の床が見えるようになっている。

「……お前、本当に官吏？　相国の官吏なのに掃除ができるなんて……」

なるほど、そういうことだったか。この掃除は威公主の盛大な意地悪だったようだ。

蓮珠は片付け終えた部屋を見て、苦笑いを浮かべる。

相国では科挙《かきょ》に合格すれば誰でも官吏になれる。戦争孤児の蓮珠でも、だ。だが、官吏になるための勉強ができるのは、やはり裕福で経済的に余裕ある家の子どもであることがほとんどなのだ。そうなれば、基本的にお坊ちゃま、お嬢様育ちで、生まれてこのかた自分の部屋の掃除などしたことがないという者も多い。

だから、威公主は、蓮珠に掃除ができるわけがないと思っていたのだろう。さらに言えば、自らこんなことできるかとお世話役を辞退させたかったのかもしれない。

「小官は年離れた妹と二人で暮らしておりますので、掃除や洗濯も自分でするんです」

「ん～けっこうがんばって散らかしたのに……」

威公主が、悔しそうに小さく呟いた。

やはりわざと散らかしていたか。そんなことをして、相国側がつける世話役をどうしたいのだろう。追っ払いたいのだろうか。だとしたら、その理由とはなんだろうか。

蓮珠としては、気になるところだが、威妃も小さく笑っただけで特になにも言わないので、いまはなにも言わないでおくことにした。

ところが、それで話が終わりとはならなかった。

「ところで、陶蓮。あの本の並びも、お前がやったの?」

威公主は順に並べられた本を指差して、問う。

「……はい。そうでございますが」

「本当に?『花香君《かこうくん》』の巻の並びまで知っているってどういうこと?」

威公主の言う『花香君』は、栄秋でも大変人気のある小説だ。高大帝国末期の貴族の姫君が、殺された兄の仇を討つために男装し、皇太子警護の武人として活躍する物語である。

続き物として七巻まで刊行されているのだが、表題が毎回異なるため読んでいる者でなければ、順に並べるのは難しい。

「ああ、我が家にもございまして、小官も読んでおりますので」

そもそもは妹の翠玉が集め始めた本だが、今では姉妹で読んでいる。

「そういえば、五巻目が抜けておりますね」

蓮珠はなにげなく言ったつもりが、とんでもない爆弾になってしまった。

「なんですって！　今、三冊目の終わりなのよ！　……あの本屋、全巻そろってるとか言ったくせに。騙されたわ！　陶蓮、家にあるならすぐに貸して！」

「そ、それは難しく……」

威公主に詰め寄られた蓮珠が思わず身を引くと、威妃が助け船を出してくれた。

「黒《こく》公主殿。陶蓮にそのような無理を言ってはいけませんよ。相国の後宮は出入りが厳しいのですから」

威公主に黒を冠するのは、威では出身部族ごとに色が決まっていて、国内ではどこそこの部族出身と言うときに色で示すそうだ。それだけでなく、皇子や公主も母后の出身部族で呼び分けられるのだという。

威妃は、威国では白《はく》公主と呼ばれていたそうだ。そして、威公主は黒公主。黒は威国の国色である。その色を冠して呼ばれる公主は、現威国首長を出した部族出身の母后を持つことを意味し、威の公主たちの中でも最も格の高いことを示しているのだと、今回後宮入りする前に叡明から講義を受けた。

『たいした兵がいないんだから護《まも》りが堅い城だとも思えないけど、そんなところだけ厳しいのね』

この場には威宮付きの相国女官が何人かいる。一応、そこを配慮して威国語で愚痴るあたり、外交の機微を心得ているようだ。

「黒公主、そのあたりで」

威妃がやんわりと言った。否定はしないところを見ると、威妃も同じように相国の城の護りなどたいしたことはないと思っているのだろう。

「もう試す必要はないわね。陶蓮は威宮に置いてやってもいいわ。ワタクシ、夕餉《ゆうげ》まで寝室で本を読んでいるから、邪魔しないでね」

威公主は『三冊目の終わりなんだから、わかるでしょ！』と蓮珠に念押しする。それは充分すぎるほど理解できる。『花香君《かこうくん》』の三冊目の終わりと言ったら、殺されたと思っていた兄の存命を知る場面だ。あれは熱い。邪魔などできるものか。

「畏《かしこ》まりました！」

力強く応じれば、威公主も気合の入った目で蓮珠に頷き返す。なにか通じ合った感がある。ひとまず安心だ。出て行けとも言われなかったから、とりあえずは威公主のお世話役として認められたようだ。……とりあえずだが。

「では、夕餉の仕度をお願いしますね」

安堵とともに威宮付きの女官にお願いする。その彼女たちと入れ替りに聞き覚えある声が入ってきた。

「おおっ、やっぱりどこかで聞き覚えある声だと思えば、蓮珠様じゃないですか！威宮であなたの声を聞いても、違和感なさすぎて幻聴かと思ってしまいましたよ」

こちらこそ幻聴ではないかと感じつつ、声のしたほうを見れば、藍《あい》染めの官服を着た宦官《かんがん》が蓮珠に笑いかけていた。

「……やっぱり秋徳《しゅうとく》さん！」

翔央の宮、白鷺宮《はくろきゅう》付き宦官の秋徳である。彼には威妃の身代わりになる時に、威宮で世話になっていた。

日常では官吏と宦官という同じ城の中でも棲み分けられた場所に居るため、顔を合わせることがない相手だ。

顔立ちは柔和だが元は武官であり、かつては翔央の部隊に居たと聞いている。成人してから宦官になったせいか、他の宦官と比べ、背はそれなりに高く、体つきも華奢ではなく男性的だ。なにより、声が低い。

「新しい世話役が来るっていうんで様子を見に来ましたが、蓮珠様だとは思いませんでした。上級官吏におなりになったのに、威国語ができるとこき使われるんですか?」

彼の言うことはもっともだった。威国語が話せる人間がいかに少なかろうと、本来は上級官吏が国賓の日常の世話に出てくることなどない。

「まあ、そこは色々とありまして。秋徳さんこそ、白鷺宮付きの方が、なぜ威公主様のお世話を?」

もしや、翔央から何か言われてきたのだろうか。そんなことを考えて、蓮珠は慎重に尋ねてみた。

「ええ。威宮経験を買われまして。我が主が最近ご多忙なもんで、白鷺宮でのお世話仕事が減っていたものだから、暇なら働かないかと李洸様に言われまして」

どうやら翔央とは関係ないようだ。

それもそうか。蓮珠は安堵と少しの寂しさが入り交じった気分になる。

「あと、宦官は数がいないから、ちょうどいい駒がないみたいで……」

相国は宦官が過剰な権力を持たないように上限を五十名と区切っている。女官に比べてかなり少ない。それぞれがすでに色々な仕事を持っているわけで、予定外の来訪者である威公主を任せられるほどの宦官は、手が空いていないのだろう。

「まあ、小官はいいんですよ。上の方の命令とあらば、どこにでも行くのが信条ですから。それよりも礼部から派遣されたお世話役の方々は、都に到着するまでにかなり苦労をされたみたいです。色々言われて、やらされて、その結果、皆さん都到着と同時に辞されたそうで。不安になる話ばかりだったので、次の方も辞めるとなったら、もう自分も夜逃げしようと考えていたくらいですよ」

あながち冗談とも思えない様子で秋徳はボヤく。

「逃げるって、どこに逃げるんですか？」

「もちろん白鷺宮にです。だって、ほら、自分は翔央様に仕える身ですからね。翔央様に尽くすのが本分だと思うわけでして……」

言いながら威宮の出入り口のほうへ視線をやる秋徳の袖を蓮珠はガシッとつかんだ。

「そうはいきませんよ、秋徳さん。立后式は目の前です。大人しく威公主様の世話役をやりましょうね？」

「……目、座ってますよ、蓮珠様。仕事が絡むと本当に厳しいんだから。そして、日常のほとんどを仕事関連のことで忙殺されてますよねぇ……不憫な我が主……」

秋徳がため息混じりにそんなことを言うから、蓮珠は言葉に詰まった。

「え？　あれ……蓮珠様、翔央様となにかありました？」

「な、なにもありません！　そもそもわたしと翔央様の間に、なにかなんてあるわけないじゃないですか！　わたしは一介の女官吏にすぎないんですよ。仕事を与えられた以上、その仕事を見事やり遂げてみせるんです。だって、相手は威首長の正式な名代、つまりは威の首長と同じ扱いをしなければならない人物なんです。相国は誠心誠意国賓として歓待するのです！　それ以外に何があるんですか？」

秋徳にぐっと詰め寄り、自身にも言い聞かせるように強く言った。

「あ、はい……。蓮珠様の仕事愛は理解しました。大変申し訳ありません」

秋徳が頬を引きつらせている。やりすぎたかもしれない。蓮珠は身を引き、気持ちを落ち着かせるために長い息を吐いた。

「フフッ。仲がよろしいのですね」

中庭から戻ってきた威妃が、二人の様子を見て笑いながら長椅子に座る。

「こ、これは……御前にて失礼いたしました」

蓮珠は、秋徳と二人並んで、その前に跪礼した。

「かまいませんよ。わたくしが不在の折の日常を見たようで楽しいですね」

たしかに威妃が威宮にお戻りになれば、蓮珠は官吏に、秋徳は白鷺宮付きの宦官に戻り、日常での接点はない。こんなやり取りができるのは、威宮だからだ。

「このたびは、女官の姿にて、威宮でお仕えさせていただくこととなりました」

蓮珠が改めて挨拶のために深く頭を下げると、彼女は頭を上げるように蓮珠に言い、ひっそりと囁いた。

「大丈夫ですよ、陶蓮殿。威妃としてのわたくしは、女官吏である陶蓮珠を知らない。そういうことになっているのは重々承知しております。……お互い、これから、皇妃と官吏として親しくなりましょうね」

「ありがたきお言葉です」

先ほどまでは事情を知らぬ女官の目があり話せなかった蓮珠は、威妃に感謝しているという威公主に伝えた言葉が嘘でないことを示すように笑みで返した。

長椅子に座した威妃は、そこで少し愁いを帯びた笑みを見せた。

「わたくしのほうこそ本当にありがたいと思っておりますよ。陶蓮殿ならすでに信頼しておりますから。もっとも、陶蓮殿にとっては官吏仕事からは遠い国賓の世話役など不本意なことだと思いますが」

そんなことを言われるとは思っていなかった蓮珠は「不本意だなんて」と慌てて否定してから、恐る恐る問い掛けた。

「……なにか主上からお言葉がありましたか？」

「いいえ、主上からは特に。ですが、執務室の主上をお訪ねした際に翠玉殿と顔を合わせまして、『姉が女官として威宮に入るそうです』と伺いました。まるで、今にも泣き出しそうなお顔をされていて……」

威妃は気の毒そうに柳眉を下げる。

妹の翠玉は璧華殿の皇帝執務室で主上の代筆を行なっているので、皇帝の警護のためにその傍らに立つ威妃とは、顔を合わせる機会が蓮珠よりよっぽど多い。威妃はそんな翠玉のことも気遣ってくださるのだ。

「泣きそう……ですか？　急にこちらに来ることが決まりまして、あの子とはろくに話もできていないんです。不安にさせたかもしれません」

身代わりの時もそうだが、今回も後宮に一定期間寝泊まりすることになるので、官吏居住区の自宅には翠玉一人となる。治安のいい場所ではあるが、不安はあるだろう。

蓮珠は胸のあたりが重くなった。

「陶蓮殿、おそらく翠玉殿は寂しくて泣きそうだったわけではないと思いますよ。あれは悔しかったのでしょう。彼女は大変あなたを慕っている。だから、あなたの心身を心配し、胸を痛めている。でも、肝心のあなたが声を上げない。それでは手の差し伸べようがないですね。そのことが悔しかったのだと思います」

蓮珠は戸惑った。

「でも……、これは小官の仕事の話ですから」

蓮珠に任された仕事なのだから、妹を頼るわけにはいかない。それは翔央に対してだって同じだ。

後宮に入って、威国語を用いる仕事。これはまさに蓮珠にうってつけの仕事だ。誰かを頼るということはない。

「本当にそうでしょうか。仕事というのは、陶蓮殿だけの話なのですか？」

威妃が、ニッコリと笑って、まるで謎かけのような問いを口にする。

「え……？」

「人が両手で抱えられるものには限界があります。なにもかもを自分一人で行なおうとするなんて、貪欲が過ぎるのではありませんか？」

威妃は長椅子を立つと、蓮珠の側まで来て、そっと肩に手を置いた。

「人というのは、忙しくしていると色々とものが見えなくなる。主上も煮詰まるとなかなかに厄介な御方です。……ここでは行部のようには次から次へと仕事が湧いて出ては来ないでしょう。一度ゆっくりご自身の仕事についてお考えになるといい」

蓮珠の耳にそう囁くと、武人の顔もお持ちの方とは思えぬ優雅な歩みで、威妃は居間を出ていった。

威宮勤め二日目の昼下がり、皇帝執務室を出たところで、蓮珠は翔央に遭遇した。

互いの顔を見つめたまま、一瞬、気まずい空気が流れる。蓮珠がなにをどう話そうかと逡巡しているうちに、翔央が謝ってきた。

「この前は悪かった。お前が後宮に入ると聞いたら、どうにも冷静でいられなくなってしまって……」

「こちらこそ、ご心配いただきまして……。それでその件ですが……威公主様が南門でのことを憶えていらしたので、早々に女官ではなく官吏だと自らバラしました」

「……そうか。じゃあ、後宮にはいるが、あくまで官吏としてなんだな」

翔央はそう繰り返してから、自分は立后式の警備の相談のため、執務室を訪ねてきたところだと教えてくれた。

「皇族としてのお仕事なのですね。だから、そのお姿なんですね」

「ああ。役割に応じて着替えねばならないのは面倒だが、周囲は格好で判断することが多いから致し方ない」

「……どうしました？」

翔央は苦笑いしてから、蓮珠の格好をじーっと見る。

「いや、官吏だとバラしたのに官服ではないんだなと思って……。後宮内での仕事だからか？」

蓮珠は自分の服を見下ろした。今の蓮珠は後宮女官の常服だ。無地の襦裙《じゅくん》に同じく無地の褙子《はいし》を羽織っているだけ。花が競う後宮ではかなり地味な格好だ。

「はい。官服は男女同型ですから、遠目に後宮内を男性官吏が歩いていると誤解されては大変です。後宮警護隊に射かけられてはたまったものじゃないので、管理側の女官衣装をご用意いただきました」

宮付き女官の姿では行動範囲に制限が生じるため、管理側にしてもらった。いずれにしても、後宮で目立たぬようにするなら女官か宦官の格好をするよりない。

「管理側のものか、どうりで。後宮でも裏方の彼女たちにはあまり遭遇しないからなあ。だが、見慣れぬ感じがいいな。威妃でないときの裙姿はなかなか見ないから」

翔央が目を細める。翔央は、この遭遇を楽しんでいるようだ。わだかまりがとけたのかもしれない。蓮珠はホッとした途端、彼の口元に浮かぶ微笑に今度は落ち着かない気分になってきた。

「宮付き女官の格好なら、以前もしたじゃないですか」

特別なことじゃないと、自分を落ち着かせるためにそう口にしたが、翔央はますますドキッとするようなことを言い出す。

「あれはあれで、威妃でも蓮珠でもない女官に見せるために色々化粧とかで見た目を変えていただろう？　今は、素の蓮珠の裙姿だ。なかなか見られるもんじゃない」

そうだろうか。さすがの蓮珠も自宅で袍は着ていないのだが。

「そう難しい顔をするような話じゃない。……まあ、どっちにしろ管理側とはいえ後宮女官の格好をしている者と交わしていい話ではないな」

後宮の女官はあくまで後宮の女であり、後宮の女はすべて皇帝の寵《ちょう》を受ける可能性がある。それ故に本来であれば後宮の女官は一度入れば後宮の外にはよっぽどの理由がなければ出られない。

本日の蓮珠は国賓の強い希望により外に出てきたわけだが、それもそもそも蓮珠が官吏だから許されただけだ。

どんな言葉なら交わすことを許されるだろう。蓮珠の沈黙を察してか、翔央のほうから話を投げかけてくれた。

「それにしても、書類の山の次は本の山か？　お前はいつもなにか抱えて歩いているな。手ぶらで歩いているのを見たことがないぞ」

「威公主様と本についてお話をさせていただきましたところ、ぜひほかの本も読みたいと仰るので……。翠玉に頼んで我が家から本を持ってきてもらいました」

「それで執務室から本を抱えて出てきたわけか……。翠玉殿がいることは限られた者しか知らないから、見た者によっては叡明が読んでいる本と勘違いされるかもな」

翔央が悪戯を思いついたような顔をする。

蓮珠も、翔央の言葉に乗じて、軽く返した。

「そこは威妃様のためにお取り寄せになったことにしておいてください。実際、威宮では威妃様も威公主様がご購入になった本をお読みになっていらっしゃいますし、嘘にはなりませんよ」

「ほう。威妃様もお読みになるのか。どれ、いったいどんな本を……」

言いながら翔央が取ったのは『傾城花《けいせいか》』という小説だった。途端に眉を寄せて難しい顔をしたところを見ると、一応内容を知っているのだろう。

「この手の本は威国に嫁がれた姉上がお好きだったな……。お前もこういう類いのものを読むのか？」

この『傾城花』も、『花香君』と同じく女性からの人気が高い。

辺境の小さな城を守る将軍の美しすぎる娘が主人公で、他国の王と自国の王の両方に見初められて思い悩む物語である。そして、どちらの王も情熱的に彼女を口説く場面が見所だったりする。

「読みますよ。妹と二人、朝まで語り合うくらいに」

蓮珠は力いっぱい応じた。世間では色気がない、可愛げがないと言われる蓮珠だが、色恋の物語を楽しむくらいの乙女心《おとめごころ》は持ち合わせている。

「本当に仲が良い姉妹だな。俺と叡明も見習わねばな……っと、すまない、下らない話で足止めをしてしまった。後宮の出入り口まで送ろうか？」

「大丈夫ですよ、これはわたしの仕事ですから。それに後宮女官と連れだって歩いたりしたら、翔央様に変な噂が立ってしまいます。気になさらないでください」

蓮珠は本を抱えたまま一礼した。

「……自分の噂こそ気にしろよ」

彼には珍しくボソッと聞き取りにくい言葉が聞こえた気がした。

「翔央様……？」

彼を見上げると、軽く頭を撫でられた。

その手に遮られて、翔央が今どんな顔でいるのかは、よくわからない。

「威公主によく仕えてくれ。我が国としては威の国賓殿に気持ち良くお帰りいただかねばならないからな。……頼んだぞ、陶蓮」

皇族としての言葉を掛けて、翔央が踵を返す。執務室に入っていくその背を見送り、蓮珠はあることに気がついた。

「翔央様から官名で呼ばれた……」

翔央が蓮珠を官名で呼んだのは、これが初めてのことだった。仕事の話をしていたの慣れてきたはずの官名呼びに、なんの反応も返せなかった。なぜこんなにも動揺しているのだろう。だ、官名呼びこそ当たり前なのに。

腕に抱えた本が急に重たく感じられた。翠玉に渡された時は、量はあっても威公主に読んでもらえるならと思い、軽々と運べそうな気がしていたのに。

もやもやとした想いに苛《さいな》まれながらも、蓮珠は威宮の清掃に励んでいた。

女官姿ではあるが、蓮珠は官吏であって、こういった意味でのお世話をすることは職掌にない。だが、相国側が用意した女官を威公主がまた威宮から追い出してしまった。次が決まるまでは、蓮珠が女官の仕事もすることになる。

「こういうとき、桂花《けいか》さんや紅玉《こうぎょく》さんがいたらいいんだけど……」

蓮珠が威妃の身代わりをしているときの威宮を取り仕切る女官は、叡明・翔央の乳母でもあった熟練女官の桂花と、翔央と交流ある将軍の娘である紅玉の二名だ。ここに秋徳を加えた三人で、本来の主が不在の時の威宮は管理運営されている。

だが、今回二人は皇后になった威妃が移ることになっている玉兎宮《ぎょくときゅう》を整える仕事が忙しく、こちらにはこられない。実際威妃も主たる居所はすでに玉兎宮へ移しているのだが、皇后のための宮に妹公主を滞在させるわけにいかないこともあって、一時的に威宮に戻っているのだ。

みんなが威公主の予定外の動きに振りまわされているわけだ。もし本当に威公主が国賓として相に来た目的が、立后式に何らかの妨害行為を行なうことなのだとしたら、ある意味、すでに目的は達成できていると言えるのではないだろうか。

「蓮珠様、知らせの者が参りました。威公主様をお迎えに上がりましょう」

「えっ、もう？　掃除まだ半分くらいしか終わってないんですけど……」

「手が足りないんですから仕方ないですよ。急ぎましょう」

秋徳に促されて、蓮珠はバタバタと威宮を出た。

国賓のお世話と言っても、蓮珠がするのは本当に後宮内での身の回りのお世話だけで、威公主に威宮の外での公務がある場合は、専任の官吏が付き添っている。

そのため、蓮珠は後宮の中と外の境界にある皇帝の居所金烏宮《きんう》のあたりでお見送りし、お帰りの際には威宮にお戻りを知らせる者が来るのを合図に、再び金烏宮のあたりまで行き、威公主をお迎えすることになっていた。

蓮珠と秋徳が並んで跪礼していると、公務付き添いの専任官吏に伴われて威公主が戻ってきた。深く頭を下げてお迎えすると、後宮側に入ったところで威公主が呟いた。

『ただ立っているだけで動かないのって、かえって疲れるわ。皇宮警護兵の調練に混ぜてもらいたいくらいだわ』

威国語独特の声調が、まるで歌を歌っているようにも聞こえる。

「お疲れ様でございました。戻られたら、お茶をご用意させましょう」

これに威公主は蓮珠の顔を見て、愛らしい小さな唇を少し尖らせた。

『そうだった、陶蓮がいたんだっけ……。機嫌がいいフリをしながら愚痴を言ってやるって手は使えなくなったわね』

『あ、いいえ、明らかな愚痴でしたら、適当に合わせますので、存分に愚痴っていただいてけっこうですよ』

蓮珠は、威国語でもっともらしく頷いて見せてから、秋徳を振り返る。

「威公主は、秋徳さんのお茶でなければお飲みになりたくないそうです」

言うと、ある程度は威国語を解す秋徳が状況は承知したとばかりに頷いてから、恭しく拱手《きょうしゅ》する。

「ありがたきお言葉にございます」

そんな一見すると和やかな対話を交わしている蓮珠たちの様子を見て、離れていく礼部の専任官吏が安堵の吐息とともに傍らの官吏に愚痴る。

「どうやら今度つけた者は気に入られたようだな。まったくわがまま公主が」

呟きにしては、こちらまでハッキリ聞こえてくる。不敬にも程《ほど》があるとムッとしてから蓮珠は気づいて威公主に問い掛ける。

「……もしかして、威公主様は相国語をおわかりにならないことにされてます？」

威公主は鼻を鳴らした。

「当然じゃない。あの手の者相手にそれを教えてやる必要がどこにあるの？」

「そうですね……威公主様の仰るとおりですよね。一種の外交判断てやつだ」

秋徳が半笑いで言う。

たしかに、礼部の官吏たちは外交に携わっているとは思えぬ態度だった。あれでは威公主が相国側の者を警戒するのも無理はない。国賓を軽く見ているのが言動に出ているのだから。

「あ、でも、飲むなら秋徳のお茶がいいのは本当よ。白鷺宮様付きの者だから、毒を気にせずに口にできるのもいいわ」

なんだか不穏な言葉が含まれていた気がするのは自分だけだろうか。翔央もそういうところがあるが、なぜ貴人の方々はこうもサラッと物騒なことを言うのだろうか。

「これはこれは。我が主への信頼に感謝せねばいけませんね」

秋徳は秋徳で、翔央で慣されているせいか、物騒な言葉は聞き流すことにしているようだ。主上の命令で色々探りに来ているという話だったはずだが、まったく気にしている様子がない。

「……威公主様、小官の耳には聞き捨てならぬ言葉が聞こえてきていたのですが？」

「毒を気にしてること？　でも、そうもなるわよ。……後宮では、こんなことばかりですもの」

ほら、っとばかりに、威公主が視線で廊下の先を示す。

威宮へと向かう廊下に汚泥が広がっていた。

蓮珠にしても、後宮生活の際によく見掛ける光景である。

「白姉様に尋ねたら、よくあることだから気にすることじゃないそうね。……相国って本当に陰湿」

最後だけ若干威国語混じりに威公主は言った。

なるほど相国への警戒の理由は、ここにもあったようだ。

「これはあれですね。威公主様が威妃様の立后後に第二の威妃になられるとかいう噂が流れていることへの警戒というか脅しですね」

秋徳が口にしたその噂は蓮珠も耳にした。ほかならぬ威宮付きの女官が厨房で話していたのを通りがかりに聞いてしまったのだ。

「秋徳さん、もう少し遠回しに……」

「いいのよ、そのくらいわかりやすい相国語でないとワタクシではわからないから」

威公主がそう言うのであればと、とりあえず蓮珠は引き下がった。

「畏まりました。でも、道は遠回りしましょう」

　蓮珠は、汚泥を避けて威宮に戻る別の経路を頭に浮かべつつ、威公主を案内する。

「こちらの廊下はあまり人が使わないので」

「……陶蓮、何度か聞いている気がするけど、あなたって本当に官吏？　やけに後宮内を歩くのに手慣れているわね」

　どちらかというと呆れているような口調で、威公主が蓮珠に言う。蓮珠としては、身代わり生活を送っていた経験を、存分に活かさせてもらおうというだけだ。

「ハハ……、恐れ入ります。これも威公主様が快適に過ごされるために身に着けた知識ということにしておいてください」

「……そうね。問わないでいてあげる」

　比較的あっさりと引き下がられたので、蓮珠がちょっとホッとしたのも束の間、威公主は蓮珠に別の疑問を口にした。

「その代わり、別のことを聞かせてちょうだい。白姉様は……この国で、威妃と呼ばれている人は、本当にこの国で歓迎されているの？　ましてや、皇后位に就くことにみんな納得しているのかしら？」

「威公主様……」

蓮珠は即答しかねた。

もちろん蓮珠は威妃を心から歓迎している。だが、この国としてはどうなのだろうか。威妃の身代わりをしてきた蓮珠だからこそわかる。威国からの皇妃を拒絶する声はたしかにある。皇妃までは許せても皇后は……という声なら、きっともっと多い。

「答えられないのね。ワタクシ、あなたのそういう正直なところ嫌いじゃないわ」

そこで区切った威公主は「でもね」と口調を強いものに変えた。

「陶蓮、ワタクシはね、白姉様に部族の垣根を越えた恩義があるの。だから、あの方がこの国で辛い思いをされているなら、立后式なんて言ってないで、さっさと連れて帰るつもりよ」

突然の言葉に慌てて、蓮珠は威公主の前に出てその足を止めた。

「待ってください、そんなことになれば……！」

お互いに小柄なため同じ高さで真っ直ぐに視線が合う。

彼女の目に映る蓮珠は、わかりやすいくらいに怯えた顔をしていた。

「相が恥をかくだけじゃすまされないでしょうね。もとより好戦的な気質の我が威国のことだから、再び戦争をするためのいい口実になるでしょうね」

威公主はそう言いながら、蓮珠の横を抜けていく。

「威公主様！」

追う蓮珠を振り向くことなく、威公主は襦裙姿とは思えぬ大きな歩幅で廊下を突き進んでいく。

「相国の官吏って、みんなそういう目で白姉様を見ているのよね。戦争をするかしないかの天秤に、あの方を乗せようとするの。あの方の命は分銅ではないのよ！」

怒りが熱を伴って、身体から立ち上っているかのように見える。蓮珠は自分もまたその怒りを買う側にあるのだと悟り、押し黙った。

その蓮珠の横から、秋徳が大きく一歩進んで威公主に問い掛ける。

「失礼を承知でお尋ねいたします。あなた様が相国にいらしたのは、威妃様を利用させないためですか？」

いや、だから秋徳さんもう少し遠回しにお願いしたく……。蓮珠が頭を抱えたくなったところに、威公主の鋭い声が返される。

「ふ～ん。どこに利用させないかを口にしないあたり、秋徳はもう答えがわかっているんじゃない？　その思考と度胸、おまえ、ただの宦官ではなさそうね。……どうやら、ワタクシたちはお互いに、いろんなものを偽っているみたいね。お前の雇い主に伝えなさい。ワタクシを送りだした者たちの思惑はどうであれ、ワタクシはどちらにもつかないと」

「承りました。……どちらでもないなら、我が主も動きやすくなります」

蓮珠はその場で固まった。

秋徳は『我が主』と言った。翔央は、威公主が立后式に列席することだけが目的のただの国賓ではないと気づいていたということなのか。廊下で会った彼は、威公主についての話をしたのに、蓮珠にはなにも言わなかった。

蓮珠は何を持っているわけでもないのに、右手をぐっと握りしめた。

「白姉様を連れ帰るかどうかは、立后式の日までに見定めさせてもらうから……。立后式が終わった後の行啓に空の花轎《かきょう》を出すことにならないといいわね」

威公主が言ったところで艶花宮の扁額《へんがく》が見えた。扉の前に見覚えのない女官が二人控えている。

「新しい女官が来たようね。……今回の女官たちは、白姉様に仕えるに相応しい者たちかしら？　嘘がどの程度で剥《は》がれるのか楽しみね」

そういうことだったのか。

蓮珠は挑むような表情を浮かべた威公主の横顔をチラッと見て目を伏せる。

おそらく威公主はずっと聞き耳を立てていたのだ。相国語が解らないフリをして、彼女は相国の者たちが威妃や威国への本音を口にするのを聞いていた。世話役や女官、宦官が次々と追い出されたのは、なるべく多くの者の本音を聞いて、相国民が威妃に対して持つ感情を知ろうとしていたからなのだろう。

蓮珠には嘘も本音もない。正直な気持ちがあるだけだ。威妃を尊敬し、威国に対する悪い印象もすでにない。表向きがどうであれ、蓮珠は故郷を焼き払ったのが威国軍でないことを知っているから。

「わたしが威公主様に証明してみせます。この国は威妃様を必要としているのだと」

蓮珠は威公主の背に言い切った。

「ワタクシ、戦いを挑む者に手加減はしないわよ」

威公主はそう言ったが、蓮珠には彼女こそ、相国という戦場に挑む者に見えた。

第四章　花月

威公主は本を読むのが早い。蓮珠は彼女のための新たな本を抱えて璧華殿の皇帝執務室へ向かう廊下を歩いていた。翠玉にはすでに追加の本を持ってきてもらえるようにお願いしている。

昨日のやり取りが、蓮珠の足取りを重くする。

翔央とは、仕事を介して繋がる関係だというのに、官名呼びをされるのは仕事として線引きされているようで嫌だなんて……。足取りは重くなる一方だ。

だが、そういうときに限って、もっと重い事態が皇帝執務室に入ろうとする蓮珠の足を止めた。

「あ、陶蓮様だ！　いいところにいらっしゃいました、お助けください！」

振り返れば、黎令の副官で魏嗣と同じ中級官吏の何禅《かぜん》が、そのまん丸な身体を揺らし、足音も荒く駆け寄ってくる。

なぜだろう、この姿を見ていると緊急事態なんだろうけど緊急性が薄まる気がする。

「……って、なんで何禅殿が璧華殿にいるんです？」

何禅は中級官吏であり、上級官吏しか入れないことになっている皇城内にいるわけがない。だが、この廊下が揺れるような重量感は、まぎれもなく彼である証拠だ。

「わあっ、陶蓮様の裙姿初めて見ました。似合いますね」

蓮珠の前で足を止めるなり何禅が言い出す。

「いや、それ明らかにどうでもいいですよね。質問に答えてください」

「あ、はい。本当に大変だからです。立后式の花が手配できておりません！」

質問の答えになっていない。だが、そんなこともどうでも良くなる内容だった。

「……は……はいぃ？」

蓮珠は危うく腕に抱えた本を落としそうになる。

立后式は新たな皇后のための祭事だ。国の守護である西王母に捧げる花、宮城内の祝宴等で飾られる花、国民が新皇后誕生を祝って撒く花……と用途も量も多い。そもそも妃嬪を花宮とも呼ぶ相国では、女性が関わる行事に花は欠かせないものなのだ。

「いや、ちょっと待ってください……どういうこと？」

声が裏返った。これが本当なら、まさしく緊急事態だった。

「それがですね、発注を担当している部署の者によりますと、都の市場に入ってくるのは立后式の見物人を当て込んだ食材ばかりになっておりまして、飾りにしかならない花は仕入れの優先順位が低く、量を確保できない状況が発生しているとのことです」

そりゃそうだ。市場で売れるものを売りに来るのは当然だ。

納得しかけて首を振る。

「いやいや、なんでそんな市場の流れ任せになっているんですか？　祭壇に飾る花が必要な時期も量も、もっと前からわかっていたことですよね？　なんで確保できていないなんてことに……？」

蓮珠としては当然の確認をしたところで、眠そうな声が入ってきた。

「おう、陶蓮。なにかの懲罰か？　そんな分不相応な荷物抱えてると、とっさに逃げられなくて砲撃一発で吹き飛ばされるぞ」

行部で見るのと変わらない白髪交じりのぼさぼさ髪に無精髭《ぶしょうひげ》、さらに着崩した紫の官服姿の張折である。

「お前がさっき何禅にした『なぜここにいるのか』って質問な。ちょっとこいつの話をまとめてる余裕もない事態なんで、俺の権限でここまで引っ張ってきた。わかるだろう？」

張折は「お前も来い」と皇帝執務室を顎で示す。蓮珠は「不敬すぎます」と半眼で返す。だが、そんなことはいっさい気にせず何禅が皇帝執務室の前で手を振ってきた。

「お二人とも早くしてくださ〜い」

「うちの部署は遠慮がない奴ばっかりだ……」

張折がボソッと言った。

「それは誰のことを言っているのでしょうか？」

張折よりもさらに低い声の呟きが、蓮珠の背後からかけられる。

「ヒィッ！」

蓮珠は今度こそ抱えていた本を落とした。

「遠慮のない失礼な者は、陶蓮だけで充分です」

いつもの不機嫌顔で後ろに立っていたのは、黎令だ。彼は渋い顔をしつつ廊下に散らばった本を拾うと、さっさと皇帝執務室に入るように蓮珠を促した。

蓮珠は半分の量になった本を抱えて部屋へと入る。

執務室には、主上、その左に美貌の皇帝警護官の冬来《とうらい》、右には丞相の李洸、そして李洸の部下がいる。衝立《ついたて》の向こう側には、おそらく翠玉もいるはずだ。すなわち蓮珠からすると、ほぼいつもの面々がそろっていた。

執務室に入った張折は、何禅を促して現状を説明させた。

これに李洸が糸目を鋭くさせて言う。

「……事態は把握しました」

主上はといえば、自分の机で頬杖をついてから面倒そうに言う。

「立后式に使う花……か。祭壇に飾るだけなら、そこらへんで摘んだ花でもよいのではないか。祭壇の前に立つのは皇帝と皇后だけなのだから。国賓が出席する祝賀の行啓と宴だけは、失礼がないように見栄えのする花を飾る必要があるが、それならたいした量は要らないだろう。それなら後宮の庭園の花でまかなえる」

とんでもないことを言い出す人だ。

たしかに宮城内の庭には多くの花が咲いている。だが、西王母廟《せいおうぼびょう》の祭壇の前に飾る花は量も必要だが、質も問われる。色鮮やかで大輪であるのは当然として、花の種類も多く、飾り方に関してなど、もううんざりするほど細かな規定がある。

そして、法律をはじめ決まり事全般に煩《うるさ》い一名がこれに反論しないわけがなかった。

「不敬を承知で申し上げます！　祭壇に飾る花は太祖の時代より、決まったものを飾ることになっております。その元をたどれば高大帝国時代に遡り……」

黎令が語り出せば、張折が彼の頭を軽くはたく。

「法令以外でも先例主義かよ。そういうのは今いらねえんだよ。まったく、下の報告を速やかに俺にあげてきたから、でかしたと思って連れてきたのにこれかよ……」

「さすが『語りの黎令』様ですね」

近くに居た李洸の部下が小声で蓮珠に呟いた。やはりみんな黎令をそう呼ぶようだ。

蓮珠は、引きつり笑いで返す。

「それで行部はこの事態をどう処理するつもりだ？　報告で終わりとはいかないぞ。そういった他部署の怠慢を正して、滞りなく行事を実施するための行部のはずだが？」

主上の言葉は重い。皇帝執務室内が静まりかえった。そこで張折は一歩踏み出ると、その場に膝を折った。

「まずは部署を任されている身として、今回の件を謝罪いたします。……できれば、処罰は自分一人に留めて、部下には引き続き仕事をさせてやってください」

張折は叩頭した。てっきり、いつもの調子でのらりくらりとやり過ごすと思っていたので、これには蓮珠だけでなく黎令や何禅も息を飲んだ。

だが、主上はこれにため息をついて応じた。

「……それが言いたくて、ご自身で出ていらしたのですね。あなたに言われるまでもなく、処罰はしません。行部は僕の直属部署として新設したものです。あなたを罰するなら、本来の部署の長である僕も罰を受けなければなりませんしね」

主上には珍しい、やわらかな口調だった。

どういうことだろうと思っていると、李洸が補足した。

「張折様は元軍師ですが、元々は主上と白鷺宮様の勉学の師でいらしたのです」

まさかの事実に、蓮珠だけでなく、黎令も目を見開く。

頭が良すぎると言われる主上の教師とは……。実はこの上司、ものすごい人なのではないだろうか。

「とにかく頭を上げてください、張折先生。先生には、僕の用件で色々と動いていただいておりましたから、すべての案件に目が届かないのも無理ないことです。むしろこれまでよく回っていたと感心するくらいですよ……」

主上の言葉に頭を上げた張折が蓮珠のほうを見る。黎令もこちらを見ている。自然と室内の視線が蓮珠に集中する。

「どうしても自分が目を通さないとマズイような緊急案件は、陶蓮が毎日仕分けしてくれていたんだ。おかげでこれまでは取りこぼさずにすんでいたんだが……」

いまや蓮珠は後宮勤め。案件を仕分ける者が居なくて、大量の案件を前に優先度もつけられない行部は大混乱中らしい。

「陶蓮のありがたさを思い知った部署の連中が、机に供え物を置くぐらいにひどい状況だ」

張折が大きなため息をつく。

「そちらは行部内でどうにかしていただけませんか。威公主様の世話役が陶蓮殿に落ち着いたので、このまま立后式が終わるまで、行部からお借りしていたいのです」

冬来がきっぱりと言い切った。張折が渋い顔をする。どうやら蓮珠も一緒に執務室に入るように促したのは、現場に戻そうという考えがあったからのようだ。

だが、彼女がこう言った以上、叡明はその意見を通すだろう。

「行部の方々だけでなく、陶蓮殿にも申し訳ないと思っておりますが、威公主様の陶蓮殿に対する信頼は高く、いまさらほかの者で補うのは、相国全体への信頼を損なうことかと」

冬来を叡明が重用する理由の一つはここにある。彼女は人々の心情を超えて国益を考えることができるからだ。

「冬来殿がそう言うのでは、こちらも引き下がるよりありませんな」

張折がため息混じりに返した。

その返事に胸が締め付けられる。蓮珠にしたって、戻れるのなら戻りたい。蓮珠は俯き、自分の足元を見た。自分でも見慣れぬ女官用の裙が視界に入る。本来、蓮珠が俯いたときに目に入るのは官服の袍の裾なのに。

身代わり生活の時も同じようなことを感じたことがあった。とたんに、今の自分の立ち位置は、いったいどこなのだろうという不安な気持ちになる。

「とにかく話を先に進めましょう。小官は元の担当部署は無視して、行部にて花の手配を行なったほうが良いと思います。そのほうが確実です」

李洸が提案し、主上も同意を示す。

「それがいいだろうね。先生、行部での手配をお願いします」

「どうだろうな。業者の手配とかで決裁を回していて、間に合うか？」

張折がチラッと蓮珠を見てくる。蓮珠はすぐに頭の中で計算した。

「……業者の選定から行なっていたのでは厳しいですね。仕入れ先に直接出向いて買い付けされるのがよろしいかと」

蓮珠の回答に、張折がニヤッとする。

「……だよな。でも、行部には実務経験の長い奴が少ないから、仕入れ先に見当がつかないんだよ。どーするかなー」

李洸が張折の言いたいことを察して、額に手をやった。

「張折殿、先ほど冬来殿がおっしゃったように、陶蓮殿には威公主様のお世話役という仕事がございますので……」

「けど、威公主が公務で威宮を出ているときは空いているんだよな？」

張折は蓮珠に歩み寄ると顔を覗き込んできた。

「さっきの提案をしたってことは、お前……仕入れ先にできそうな花屋に心当たりがあるんだろう？」

ニンマリ笑う張折が蓮珠に詰め寄る。その無精髭でつつかれそうなほど近い。

「は、はい……まあ……」

李洸だけでなく、この人も笑顔が怖い系統だ。蓮珠は半身引いて答えた。

大きく長いため息が皇帝執務室内に響いた。李洸だ。この丞相にため息をつかせるとは、やはりこの上司、すごい人なのかもしれない。

主上が眉を寄せつつ、蓮珠に命じる。

「ならば、陶蓮、お前が行って、直接仕入れの交渉を行なってこい。ただし、威公主が公務で威宮にいない間にすませてこい。できるな？」

正直、時間的には厳しい。

だが、主上に言われて断る権利なんて臣下にあるのだろうか。

「謹んでお受けいたします」

主上の直言による任務である。蓮珠はその場で跪礼した。


相国の都栄秋の街は、大陸西部における南北通商路の要所で、普段から国内外の商人が行き交う人の集まる土地だ。

その上、目前に迫った立后式目当ての見物客がたくさん訪れ、彼ら相手の商売を当て込んだ商売人がさらに集まり……いろんな意味でお祭り騒ぎに浮足立っている。

その中を行く、文官と武官の二人連れというのも、別の意味でまた浮いていた。

「えっと……、なぜ翔央様が一緒に？」

宮城内と同じく紫の衣をまとった蓮珠は、半歩後ろを歩く翔央に尋ねた。今日の彼は禁軍武官用の鎧姿で、例によって剣でなく棍杖を携えている。

「張折殿から護衛を一人つけるように依頼があった。紫の官服で一人歩きなど強盗に襲えと言ってるようなものだからな。それとも、蓮珠は俺が来たことが不満か？」

翔央の問いに、蓮珠は首をぶんぶん振った。壁華殿の廊下で会ったときのやり取りが心に引っかかってはいるが、今は官名でなく蓮珠と呼んでくれているのだから。

「いえ、そんな！　しゅ、主上をお護りする役にある殿前司《でんぜんし》の方に来ていただけるなんて光栄です。それに……知らない武官の方と二人だと、ちょっと緊張してしまいますから」

もっとも別の意味で緊張はしている。宮城の外で翔央と二人、歩いている。思えば、城外を二人で歩いているなんて、後宮での身代わり生活の時以来ではないだろうか。

なにかを期待しているとか、そういうことはない。ただ、皇帝執務室へ向かう廊下とか、部署のある庁舎から宮城の門までとか、そういうわずかな時間ではなく、栄秋の街を並んで歩けるのだ、それだけで心が弾む。

抑えがたい喜びで、つい口元が緩んでしまう。たとえ傍目《はため》には文官服と武官鎧という奇異な組合せであろうとも。

城内のように、他人の目を気にしなくてもいいのだ。

蓮珠は半歩遅らせて、彼に並んでみた。すぐ隣を見上げれば、そこに翔央の凜々しい横顔がある。

真っ直ぐに前を見据えるこの横顔を、ずっと見ていたいと思ってしまう。仕事中に不謹慎だろうか……。

「さて、蓮珠。まずは祭壇を飾る花の確保からという話だが……どこか当てはあるのだろうか？」

前を向いたままの彼に問われて、蓮珠も真っ直ぐ前を向く。もしかして、見過ぎただろうか。

「し、下町に顔なじみの花屋さんがあります。その店なら栄秋近郊からも運ばれてくる荷があるので、今日だけで確保できなくても、お願いすれば後日持ってきていただけますから」

「下町の花屋は小売店ばかりだが、必要な量を確保できるのか？」

「ええ。たしかに都大路に店を構える花屋のように大量の花を扱う店はありませんが、いくつかの店に分けて頼めば、必要な量を確保できるはずです」

向かった下町は、宮城から伸びる大通りを南に下ったところにある、州城時代から形成された古く小規模な店の集まる地域だ。

「相変わらず人が多いですね」

二人して辺りを見回して、人の多さにやや呆れる。

「どちらかというと、いつもより多い。まあ、見物人ばかりじゃないだろう。見物人を当て込んで小さな商売をしにきた連中だっているだろうからなあ……っと、蓮珠！」

ふいに翔央に身体ごと引き寄せられた。

「危ないな。これだけ人が多いんだ、荷車を走らせるにしても、もう少しゆっくり走ればいいものを……。大丈夫か？」

どうやら暴走気味の荷車から守ってくれたようだ。

鎧の胸当て越しに声が響いて蓮珠の頬に触れる。威妃の身代わりの時ならともかく、素の陶蓮珠のままで、ここまで距離が近づくのは初めてではないだろうか。そう思うと離れなくてはいけないのに、緊張で身体が固まって動けない。

「だ、大丈夫です！　ちょっと驚いて、固くなってしまっただけですから」

　本当は心臓がどうかなりそうで、全然大丈夫ではないのだけど……。

「で、花屋はどこにあるんだ？」

　翔央は蓮珠から離れると、周囲を見回して尋ねてきた。

「こちらです。福田院《ふくでんいん》にいたころからお世話になっていた方のお店なんです」

　蓮珠は相国北東部の白渓に生まれたが、十二歳の頃に故郷を失った。倒れていたところを通りがかったおそらく高貴な方（蓮珠は当時神様だと思っていたのだが）に拾われて、妹と二人で都に運んでもらい、それからは国が都に設けた養護施設である福田院で育った。

　福田院は、身寄りのない女性、子ども、老人、生活弱者が収容される。国の初めは都の東西に二棟だけだった福田院は、長引く戦争で南北にも建てられた。蓮珠が居たのは都の南に建てられたもので下町にある。だから、栄秋の下町は蓮珠の第二の故郷であり、官吏となり官吏居住区に家を得た今も時折訪れる場所だ。

　花屋につくと、店主やその妻とひとしきり久しぶりの再会を喜び、それから必要な花の種類と量が仕入れ可能であるかを確認する。

「ああ、問題ないよ。明日の昼頃には仕入れておくからね。うちの店からの花をお城で使っていただけるなんて、身に余る誉れだ。気合入れてそろえるよ」

「ありがとう、おばちゃん」

「いいってことよ。ほかならぬ蓮珠ちゃんの頼みだしね。……で、そちらの御仁は紹介してくれないの？　いい男じゃないか。ついに蓮珠ちゃんにも春が来たんだね」

寡黙な店主の分もよく喋る店主の妻は、チロッと蓮珠の少しうしろに控えていた翔央を見て、からかうような視線を蓮珠に向ける。

「へ？　な、なに言ってんの、おばちゃん！　こ、この人は宮城のほうでつけていただいた護衛の方だよ。そんな、春とかなんとかって話じゃないからね！」

小声で、でも鋭く返す蓮珠に、店主の妻がクスクス笑う。

「今さら隠す仲じゃないんだろう？　さっきだって、道の往来で抱き合ってたって話じゃないか」

さっきのを見られていたのか。それにしても、すでにおばちゃんの耳まで届いているなんて、恐るべし下町の情報伝播力。

「ど、どこからそれを……」

「こんな下町で官吏と武官が連れだって歩いているなんて目立つからね。お城の武官なら、官吏の蓮珠ちゃんとも浅からぬ縁があるんじゃないかい？」

文官と武官では同じ宮城にいても、本来はだいぶ浅い縁しかない。ただ、自分たちの場合は別の縁で繋がっている。

しかも、皇帝と皇后の身代わりをしているなんて、縁は縁でもかなりの奇縁だろう。

「いい花を揃えているな。この薔薇《そうび》などはなかなか優美な姿だ」

自分に向けられた視線を感じてか、翔央がおばさんに微笑みかける。

「あら、花を見る目をお持ちの武官様とはますますいい方じゃない」

翔央は武官であるが、皇族でもあるからか書画に明るい風雅の人でもある。特に絵の腕は確かで、ふらっと入った下町の店で、周囲の客の絵を描いて飲代を稼げるほどだ。花を見る目を持っていても不思議じゃない。

「ちょいと、お兄さん。身近な花もちゃんと見てやってくれよ」

おばさんは蓮珠の肩を抱き寄せると、翔央にそう話しかける。さらには「身近な花」と言いながら、蓮珠の背を翔央の前にグイグイと押す。

なんてことを言うのだ。後宮に競い咲く本物の華を見てきた人に、そんなこと言わないでほしい。恥ずかしくて消え入りたくなるではないか。

「おばちゃん、お願いだから、その辺で勘弁して！　しょ、翔央様、次行きましょう、次！」

蓮珠は慌てて、きょとんとした顔をしている翔央を店前から押し出した。

そのままの勢いで小さな店がひしめく下町を進んでいこうとするが、翔央に「おい」と声を掛けられる。

「蓮珠、これだけ人が多いんだ、そう急《せ》くとはぐれる。迷子になりたいのか？」

振り返ると、翔央が右手を差し出していた。

「……え？」

この右手を、どうしろと？　問い掛けるように目を合わせれば、翔央もまた蓮珠に問う。

「はぐれないように手を繋ぐのは、普通のことだろう？」

翔央は少し視線を逸らし、ぶっきらぼうな口調で言う。そして、右手をさらに蓮珠へと差し出す。

迷子になるから手を繋ごう。

それはいつも蓮珠が翠玉に手を差し出して言ってきた言葉であって、自分がそれを心配されて手を差し出されたことなんてなかった。なにせ、幼い時を過ごした白渓は本当に田舎で、人の多さにはぐれるなんてことはなかったし、都に出て来てからは、蓮珠の手を引いてくれる両親も兄も、もう失われた後だったから。

なんだかくすぐったい。後宮の廊下とかで、威妃の身代わりをしている時ならともかく、ただの陶蓮珠でも翔央に心配してもらえることが、素直に嬉しかった。

蓮珠はためらいながらも手を伸ばした。

「普通だなんて……」

手を繋いで街を並んで歩くなんて、本当の恋人みたいではないか。まあ、官服と鎧姿というあたり相変わらずの色気のなさだが……ん？　官服……？

「い……いやいや、翔央様、大丈夫です、子どもじゃないんではぐれませんから。それ以前にですね、官服着た文官と軽装とはいえ鎧姿の武官が手を繋いで歩いているっていうのは……ちょっと……いえ、だいぶ奇異な光景ですよ？」

蓮珠が想像するに、その絵面は悪すぎた。伸ばした手をそのまま顔の前で左右に振り、ついでに首も振った。

「そうか？　……まあ、下町でこの格好ならお互い見失いはしないか」

あまり納得してない顔で言って、翔央が差し出した手を下げる。

蓮珠は、その右手の指先に視線が行ってしまう。自分から断ったくせに、本当は触れたかった……そう思ってしまう自分がいる。

「ともあれ、花が手に入ることになって良かったたな」

「ええ」

先ほどの店の店主が他の花屋にも声を掛けて、何軒かで必要量の花を確保してくれるという。これで、とりあえず問題が解決した。

「それにしても、下町はどの店も活気があるだけでなく、品揃えも充分のようだ。……これは一体、どういうことなんだろうな？」

翔央は店の前を通るたびに、店先だけでなく中のほうもチラッと確認している。

「翔央様、……どういうこと、とは？」

「都の中心では花の仕入れも滞るほどに人が多く、入ってくるのは食材ばかりだというので下町までできたわけだが、ここまでの道でも店先を見たところ、都に入る物が偏っているというほどの印象は受けなかったたな」

たしかに宮城から下町にまで歩いてくるときに、大通りにある店の前も通ったが、どの種の店であっても物不足という感じはなかった。

これは、どういうことなんだろう？

小さく唸る蓮珠の目の前に、再び翔央の右手が差し出される。

先ほどとは違って、その手には一輪の白薔薇があった。

「これ……どうしたんですか？」

「蓮珠、これはお前にやる」

花を贈られるなんて、威妃の身代わりをしているとき以外では初めてではないだろうか。今日はなんだか初めてだらけで、花一輪にもドキッとする。

これは本当に、自分などがもらっていいのだろうか。

「あの……ありがとうございます」

薔薇の香りを感じながら小さく御礼を言う。官服を着た状態でなにしてるんだかと自分でも思うのに、頬が緩んでしまう。

見せられた顔じゃないな……と俯く蓮珠に、翔央がごく普通の調子で言った。

「秋咲きの薔薇だ。先ほどの店主から買った。薔薇は栄秋近郊では手に入らない。遠方から仕入れたものということだ」

あれ、なんかこれって仕事の話だ。蓮珠は手にした薔薇から顔を上げた。

「蓮珠、都に花は入っているということだ。それも、下町の花屋でも店に並べられるほどの量が、な」

翔央は笑っていた。だが、その目は鋭い光を宿している。

「蓮珠。宮城に戻ったら、このことを李洸に話したほうがいいかもしれない」

翔央の表情に叡明が重なる。上に立つ者だけが持つ、先を見据えた顔。

そうだった。この人は、本来なら上級官吏の端くれでしかない自分などが、隣に居ていい人ではないのだ。

蓮珠はもらった白薔薇を握りしめた。トゲはとられているのに、なぜだかちょっとだけ痛かった。

「……そこは、手配を担当した官吏が店や仕入れの仲介の者に足元を見られた可能性だってありますよ。国にはお金があると思われているんです。実際はそんなことないんですけど……」

役所が使っていいお金はあらかじめ決まっている。お祭り騒ぎの立后式といえども、派手に浪費できるほどの予算があるわけではない。

長く戦争をしてきた相国には、まだお祭り騒ぎにお金をつぎ込めるだけの経済的余裕はなかった。威との国境近くで戦争の被害を受けた邑は、なにも白渓だけじゃない。戦禍に生活の術を壊された国民を支える義務が国にはある。

だが、国には派手に使えるほどのお金があると栄秋府民は思っている。なぜなら、彼らの目に映るこの国の姿は、大陸有数の貿易都市となった今の栄秋の姿だけだから。

「そういうものか。……すまないな」

翔央がため息とともに謝る。

「え？　翔央様が謝ることではないですよ」

慌てて蓮珠は否定した。

「いや。国に経済力がないのは、政《まつりごと》を成してきた者の導いた結果だ。すなわち、太祖の血脈にある俺にも責任があるということだ」

翔央の横顔が愁いを帯びる。

なにも血脈にあるからという理由で、先祖の責任まで翔央がとることはないだろう。不敬を重々承知で言えば、それは玉座に上った者が負うべき責任だ。

「あの……、これは、先日威妃様に言われたことなのですが、人間が両手で抱えられるものには、限界があるそうです。……翔央様はすでに高い志をお持ちになって、皇族としても武官としても、この国に尽くしておられます。それで充分にこの国に対する責を果たされているのではないかと」

翔央が目を見開き、それから目を細めるとクスクスと笑い出す。

「……蓮珠は俺に甘いな。俺も見習ってお前を甘やかさなければ。先ほどの店に戻って、残りの薔薇も贈ろうか？」

「いただきましたこの一本で、充分甘やかされていますよ」

翔央が声を上げて笑う。気持ちいいくらいによく響く声は、聞いている蓮珠の心まで軽くしてくれる。

ああ、ずっとこんな風に笑っていてほしい。この笑みを近くで見ていられたら……。

「なんだ、つまらない。蓮珠は欲がないな」

先ほどの言葉をいただいた威妃様からは、貪欲と言われましたけどね。

そんな言葉を飲み込んで、蓮珠は薔薇を改めて握ってみる。もう、痛くはなかった。

宮城に戻ると、すでに公務を終えた威公主が威宮に戻るところだと告げられ、蓮珠は慌てて金烏宮に向かった。

「……陶蓮、その格好で後宮に入るわけにはいかないのでしょう？　さっさといつもの女官服に着替えてちょうだい」

紫の官服姿の蓮珠を見るなり、威公主は不機嫌に命じた。

その後、威宮に戻るまで威公主は愚痴さえも口にしなかった。

「本日のご公務では、よろしくないことがあったようですね」

威宮に戻ったところで秋徳が密やかに蓮珠にささやく。蓮珠は頷くと、すぐに着替えのために与えられた部屋へと駆け込んだ。

威公主は、昼下がりに公務を終えて威宮に戻ると夕餉までの時間、部屋に籠って読書に夢中となる。

たとえ公務でなにかあったとしても、夕餉の席にはスッキリした顔で現われる。

それが、この日は夕餉でも黙ったままだった。

夜半、与えられた部屋に戻った蓮珠は、女官服から夜着に着替えた。

蓮珠の立場は威国語通訳兼お世話役という肩書きになっているので、女官の部屋ではない大きめの部屋を与えられている。

「しかし、この部屋一つで自邸の半分以上の広さがあるという驚き……」

長年下級官吏として働いてきた蓮珠は、上級官吏用の物件に空きが出るまで……と今も下級官吏用の住居に住んでいる。官僚主義の相国では、威国との戦争を終えて以降、ますます科挙受験者が増え、それに伴って官吏の全体数も増えている。官吏用住居も不足気味のようだ。

「それとも派閥に属してないからなのかな……」

そんなことを自問して、ため息をつく。

女官扱いではないので新たな宮付女官が来てからは宮の雑事もなく、官吏仕事をしているわけではないから決裁に追われるわけでもない。家に居るわけではないから妹相手に話すこともない。

一人の夜は時間的余裕がありすぎるから、普段は忙しさの中で考えないようにしていることも、つい考えてしまう。

「身代わりの時は、色々やることあるんだけどなあ」

身代わり生活の場合、万が一にも身代わりであることがバレないように、威宮に置く女官は桂花と紅玉の二人だけだった。蓮珠も日常の生活雑務に多少は参加していたので、そこそこ時間は埋まったのだ。

さらに、適度に存在感を出すために身代わり中は行なっていた後宮内散策もできない。女官が一人で後宮内をうろちょろしているのは怪しい以外のなにものでもないからだ。女官が妃嬪に対してなにか企てているなどと噂されてはかなわない。

「立后式の準備、どうなっているかな……」

立后式の後に行なわれる祝賀の行啓のための警備は手配できているのだろうか。皇帝の玉輅《ぎょくろ》（御車）や皇后の花轎の順路の打ち合わせはどうなっているのか……。

こうなったとき、考えてしまうのが仕事のことというのはどうなんだろうかと自分でも思う。それでも花の手配の件だけしか手伝えなかったことが引っかかる。ほかの仕事はどうなっているのだろう。問題ないならいいのだが……。

蓮珠は寝台に仰向けに倒れてみた。ありがたくも一人用で、ちょうどいい大きさだ。天井には、貴人に用意された部屋らしく、美しい装飾がされている。威風のせいか、馬の絵が多い。風に乗って草原を走る馬を表現しているようで、なびく雲から馬が身を躍らせている。

自由で力強いその馬に、どこか遠い地へ連れ去られてしまいそうだ。

そして、遠い地から帰ってきた時、もう行部には、自分が戻る場所はないかもしれない。そんな不安が、心に黒いシミを拡げていく。

「結局、わたしが居ても居なくても、立后式は行なわれるんだよね」

官吏が一人現場を外れたくらいで国家行事が中止になるわけがない。当たり前のことだ。だけど、今はその当たり前に胸が痛む。

「ああ、もう！　考えるべきは威公主のことでしょう！」

蓮珠は壁側に寝返りを打って、目を閉じた。

「威妃様は相国民に歓迎されているって示さないと……」

威妃を連れ帰られてはたまらない。そのためにも、蓮珠は自分に与えられた目の前の仕事に集中しなければ……。

そんなことを考えていたら、静かな部屋でコツンと扉が小さな音を立てた。

「ひゃあっ、だ、誰です？」

警戒して、扉から遠い部屋の隅に下がったところで、小さく「俺だ」と聞き慣れた声がした。

「いつからいらしていたんですか？」

慌てて起き上がり、そっと扉を開けて問うと、翔央がするりと部屋の中に入ってきて応じる。

「今しがた。秋徳が白鷺宮のほうに私物を取りに戻ってきたので、今の時間、こちらは落ち着いているのかと思ってな。それならば、お前も部屋で休んでいるじゃないかと……。本当に寝ていたなら悪かった」

「……それ皮肉ですか。わたしが本当に寝ていたなら、翔央様が扉を壊して入ってきても起きないってことぐらい、ご存じじゃないですか」

蓮珠は官吏として致命的なことに朝に弱い。一旦寝ると寝足りるまでまったく起きないのだ。ごく普通に声を掛けたとか揺さぶった程度では、まず目を覚まさない。翠玉が日々工夫を重ねて無理矢理起こしてくれているが、ほかの誰かが起こすのはそうとう難しい。

蓮珠は、翔央入ってきた扉を閉めた。威妃の寝室と違い、この部屋には長椅子はない。そのため、蓮珠が先ほどまで座っていた椅子をすすめたが、それを片手で軽く制し、翔央は閉めた扉にもたれる。

「長居するつもりはないから気にするな」

翔央は、動きやすさ重視の短褐《たんかつ》姿をしていた。その口調と合わせると、金持ちのお屋敷に忍び込んできて、金目の物を盗んでいく若者にしか見えない。

「お一人で、しかも、そのような市井《しせい》の若者のお姿で後宮の奥までいらっしゃるなんて……冬来殿に斬られても文句が言えませんよ」

「冬来殿はまだ執務室にいるんじゃないか？　さっきは叡明の隣に立っていたぞ。だが、叡明にしても威公主にしても冬来殿がずっとついているわけにもいかない。なにせ、あの人自身がお忙しい。……あれだけご多忙でも技量に曇りがない。俺も見習わねばな」

たしかに、あの方の忙しさは、かなりのものだ。やはり、この国で一番忙しいのではないだろうか。

ん？　今はそういう話ではない。蓮珠は咳払いをひとつして、話を戻した。

「冬来殿以外の……後宮の警護官に見つかったって、充分大事《おおごと》ですからね」

「お前が作った後宮図が頭に入っている。人に見つかるような道は通ってこない。まあ、見つかったら叡明のフリをすればいいんじゃないか？」

叡明の平服ならば、学者らしい深衣であって、短褐など着ないだろう。そもそも後宮は皇帝のための花園で、そんな人目を忍んだ格好をしている意味がわからないと余計に怪しまれるだけだ。

「まして、相手が冬来殿でないなら、俺は逃げ切れる」

珍しく翔央が自分の技量を口にした。その真剣な表情に、蓮珠は気づく。

「……本当は南門で威公主様と手合わせされたかったのですか？」

「相変わらずお前はほかの者が言いにくいことをズバッと言うな。だが、まあ……そのとおりだと思う。俺は自分の手で相国にも弱くない者はいると示したかった」

悔しそうな表情に蓮珠の胸が痛んだ。

「翔央様……」

翔央は武に長けている。きっと威公主にだって勝てる。だが、そうしてしまえば、あの南門で互いが口にしたように、外交問題になる可能性がある。そして、その手合わせは、批判に晒されるか、利用されるかという両極端な結果に繋がるだろう。だから、彼はその武人としての技量を隠すよりない。

「ダメだな。お前と居ると、つい隠すべき思いまで口にしてしまう。……本題に入ろう。今も話に出てきた威公主のことで、お前の耳に入れておきたいことがあって、俺は来たんだ」

翔央は苦笑いで話を流すと、姿勢を改めてから話し出した。

「もしかして、今日の公務でなにかありましたか？」

蓮珠は翔央が来るまで考えていたことを思い出して問い掛けた。

「鋭いな。……というより、威公主の態度がそれを示していたか？」

「ええ、まあ……わかりやすく不機嫌でいらっしゃいました」

蓮珠が言うと、翔央は小さく「幼いな」と呟いた。

「そうか。……李洸から聞いた話だが、本日は兵部調練場にて、威公主に対する栄誉《えいよ》礼《れい》が行なわれたそうだ」

栄誉礼は、皇帝、皇族、国賓が軍隊を公式訪問した際に行なわれる儀礼だ。それ自体は、国賓歓迎の儀礼として何もおかしくはない。問題は場所のほうだ。兵部調練場は、皇城司調練場のような護衛兵養成の場でなく、戦場に出る者を養成する場である。

栄誉礼は特別に選抜・編成された儀仗隊《ぎじょうたい》によって行なわれるが、儀仗隊の後には一般兵が整列していたはずだ。その中には、数年前まで戦場に出て威と戦っていた者だっている。わざわざそんな場所に威公主を連れていくなんて。

「誰が企画したのでしょうか。……そんなの嫌がらせじゃないですか」

「そうだな。……嫌がらせなんだと思う。兵部次官の彭益《ほうえき》による提案だそうだ。名目としては、同盟関係となったので、隠すことなく堂々とご覧いただいたとのことだ」

聞こえはいいが、威公主に対しても、彼女を迎える相国軍兵に対しても、心情への配慮が足りていないと思う。

「威公主様は、国軍の地位をお持ちなのですか？」

「叡明によると、威国では皇子も公主も一人で馬に乗れる年頃になれば、戦場に出るそうだ。成人前で指揮権まではないが、おそらく前線にも出ていたそうだ」

いっそう悪質だ。戦場に出ていた者同士を、国賓訪問に敬意を示す儀礼で引き合わせるなんて。どう考えたって、どちらも建前と本音を持つことになるし、それは相手にも見えてしまう。

「……威妃様が威国に連れて帰られてしまったら」

「そこは大丈夫だろう。そう簡単には、ことは起こせないだろうからな」

蓮珠は懐疑的だ。威公主はやると言ったらやる気質の持ち主ではないだろうか。

「……そういうものですか？」

「ああ。だって、威妃に対するよろしくない現状を目の前にしても、実行せずにいるだろう？」

翔央は天井の装飾を見上げながらゆっくりと話を聞かせてくれた。

「威公主には、彼女なりの葛藤があるのではないかな。威妃を思う気持ちが強いほどに現状を許しがたいと思うのだろう。だが、自らの行為によって国同士の戦いを招くなど望むところではないはずだ。どちらがより重いか。個人か国家か……俺とて、信念と立場を天秤に掛けねばならないことはあるから、わからない感情ではない」

そう語る翔央は、皇族としての顔をしていた。

見えない壁の向こうに、翔央がいる。きっと威公主もその壁の向こう側だ。

蓮珠は、その壁の高さに俯いた。

科挙に受かりさえすれば誰でも官吏になれるし、高貴な血筋じゃなくても後宮に上がることができる国に生まれた。でもそのことは、決して翔央をはじめとする皇族の方々との距離が近いことを示しているわけではない。

むしろ、こうして近くに居る時ほど幾度も見せつけられるのだ、この、見えない壁に隔てられているという現実を。

「蓮珠、どうした……？」

自分のつま先を見つめて黙り込んでしまった蓮珠の顔を、翔央が覗きこんできた。

「は、はい、すみません。その……明日の威公主様のご予定のことを考えていて」

慌てて取りつくろえば、翔央が笑う。

「お前は、本当に働いてないと息もできなくなるんだな」

そうかもしれない自覚はある。

「翔央様もご多忙ですよね。殿前司は皇帝警護の要ですし、皇族としての儀礼もおありですから。その上、威公主様のことも気に掛けて……」

「それでも立后式の主役は威妃だから、皇帝以外の皇族はそこまで公務が入っていないんだ。まあ……行部官吏よりは休ませてもらっている」

比べる対象がそれでは、やはり、あまり休めていないのではないだろうか。そういえば、表情にも疲れが見える。

「なあ、蓮珠。後宮女官の真似事は、お前のやりたい仕事ではないだろう？　……行部の仕事に戻りたいなら、俺から叡明に言うこともできるんだぞ？」

やわらかな声に蓮珠は小さく首を振った。

「ダメですよ、翔央様。これはやはり、主上より拝命いたしました、わたしの仕事ですから」

翔央が苦笑いを浮かべる。蓮珠は彼の心遣いに感謝して微笑んで見せる。

「大丈夫ですよ、翔央様。威公主様には相にだって、いいところがあるのだと知っていただかないと。そうすれば、きっと安心してお帰りいただけるはずです。後宮内にだって見所はたっぷりあります。わたしなら、どこへでも案内できますから。それこそが、わたしだからこそできる仕事です！」

自信たっぷりに言えば、翔央がぷっと吹き出して笑う。

「それもそうだ、お前なら任せて問題ないな」

表情が和らいだ。今度こそ、彼に安心してもらえたようだ。

「翔央様のためにも、きっちり後宮生活に専念しますね」

ニッコリ笑ってみせた蓮珠に、翔央が歩み寄ってくる。

「それはどういう意味で？」

「どうって……わたしは行部の官吏ですから、翔央様に報いることができるとしたら、やはり立后式の成功に他ならないと思いまして。おそらく立后式成功の鍵は威公主様が握っているはずですから」

蓮珠の座る椅子の背もたれに手を掛けると、翔央が少し身を屈める。

「仕事の話は終わりだ。……俺のなにに、どう報いるって？」

なぜだろう。さっきまでの柔らかな表情から一転、眼光が鋭くなっている。

「……翔央様？　ち、近いですよ……」

翔央の前髪の先が蓮珠の額に触れる。

「報いるって言うなら、もっと別の方法もあると思うんだが……」

翔央の指先が髪に触れる。絡めるように動く人差し指に、つい目がいってしまう。

「官吏でない蓮珠が、俺を見てくれるとか」

髪先が絡め取られたまま、引き寄せられ、翔央の唇に触れる。

瞬間、思考が弾け飛ぶ。もう、何も考えられそうにない。

「翔央様……誰かに見られたら誤解されますよ」

熱くなった頬を押さえて蓮珠が身を引くと、翔央が不機嫌な声で言った。

「……そうだな、やめておく。ここは宮城内だから、女であれ官吏であれ、すべては叡明のものだ。俺は、陶蓮じゃなくて陶蓮珠がいい。女官でも官吏でもないお前がいい。……俺は……俺のものになってくれるお前がいい」

翔央の目が真っ直ぐに蓮珠を見ている。同じくらい真っ直ぐにぶつけられた言葉に、どう答えればいいのか言葉を探して戸惑う。

「そんな急すぎです、そ、それに……官吏じゃないわたしなんて、なにもないですよ？　なんの価値もない……」

ただの「遠慮がない・色気がない・可愛げがない」人間になるだけだ。

「急じゃないだろう？　これまでだってそれなりに……」

翔央は長いため息のあとで身を屈めると、蓮珠の肩にそっと額をつけた。

「お前には、駆け引きを含んだ言葉は通じないと悟ったんだよ。だから、皇族の格好も武官の格好もしていない。ただの郭翔央としてお前の前にいるんだ。それとも、お前はなにかなきゃダメか？　俺は、お前がお前であればそれでいい。お前は俺になにかが……皇族だったり、武官だったりという役割がついてなければ、なんの価値もない人間だと思っているのか?」

翔央が蓮珠の肩からほんの少し顔を上げる。耳の近くで呟くように問い掛けてくる言葉は、どこか苦しそうだ。

「そんなことありません!」

蓮珠は強く反論した。

蓮珠にとって翔央は、ただそこに存在するだけで価値がある。

「むしろ……どんな翔央様でもいいって……」

言っているうちに言葉に詰まる。口元がむずむずして、頬が熱くなっていくのがわかる。とても顔を上げられない。まともに翔央の顔を見られる気がしない。

「……ほら、お前は駆け引きなしの言葉なら、ちゃんと通じる」

俯いたままの蓮珠の頭に翔央の大きな手が乗る。何度か頭を撫でた手がゆっくりと首の後ろを通り、背に回る。引き寄せられたとわかっても、今度は自分から身を引くことができない。

翔央の胸に、額を押し当てる。その衣に染みこんだ甘い香りが蓮珠の鼻腔をくすぐり、彼との近さを意識させられる。彼の体温を伴ってふわりと薫るから、まだその両腕に抱き締められているわけでもないのに、包まれている気になった。

とても、安心する。心地よい。この守られている感覚を遠い日のどこかで感じた気がする。でも、それがどこかを問うことができないほど、身体がフワフワする。

「蓮珠……？」

翔央の声が近いはずなのに遠い。抗いがたい眠気が、蓮珠をどこともしれぬ深い場所へと誘う。

「そっか。……色気より眠気か。お前らしい。まあ、寝るとなったら、お前を起こすのは至難の技だ。今日はこれで充分だ」

蓮珠の身体が横たえられた。布の冷たい感触に眉が寄る。心地よい温もりの中にいたはずなのに……。

「おやすみ」

眉間に温もりが触れて、その温かさが全身に拡がっていく。

もっとこの時間が続けばいい。眠る蓮珠の口元がほころんだ。

第五章　花陰

寝不足続きの日々が一晩で吹き飛んだと思えるほどスッキリした目覚めだった。蓮珠は寝台で身を起こすと頰を押さえた。

「……夢じゃないよね？」

意識を手放す瞬間に温もりが触れた額を、指先でつついてみる。

緩む頰を必死で引き締めて部屋を出ると、居間の長椅子に威公主が一人座っていた。

「おはようございます。お早いお目覚めですね」

蓮珠が声を掛けると、威公主が顔を上げた。

途端、蓮珠の足が止まる。

「……陶蓮、昨夜お前の部屋に来ていたのは誰？」

低く冷たく乾いた声だった。蓮珠を見据える目は、僅かな嘘も見逃すまいとする強い光を宿している。

「誰も……」

それでも蓮珠は偽りを口にしなければならない。

この後宮に皇帝以外の男がいたなどということはあってはならないことだからだ。

だが、それでごまかせる話ではなかった。威公主は長椅子を立ち上がると、鋭い声を蓮珠に向けて放った。

「そんな嘘、ワタクシには通じないわ！」

そうだった。威国では、公主でも戦場に出る。すなわち、威公主は戦う者として人の気配を悟ることもできるのだ。ただ、翔央だって気をつけていたはずだ。でも、それは相国の基準でだったのかもしれない。威公主には通じなかったのだ。

なにがあっても翔央の名を出すわけにはいかない。蓮珠は俯き押し黙った。

それを「人がいたことの肯定」と取った威公主が、美しい顔を歪ませる。

「裏切り者……」

ここに来て蓮珠は、一つの誤解に気づいて顔を上げた。

「……よくも白姉様に恥を掻かせるようなことしてくれたわね、しかもこの威宮で！」

威公主は、蓮珠の元を訪れていたのが、主上だと勘違いされている。

「違いますっ！」

蓮珠は声の限りに否定した。

「じゃあ、あれは誰なのよ？」

こうなれば、翔央の名を出すべきだろうか。いや、男の身で後宮に侵入したとなれば罪を問われる。誰か、ほかの……。

「ほら、みなさい、言えないじゃない！」

そうだ。誰の名も出せない。それは誰かを罪人にすることに他ならないのだから。

「最低だわ。よくも白姉様の宮で……！」

蓮珠は再び俯いた。裙の裾が見える。後宮の女官の衣装だった。

翔央が言ったとおりだ。この服を着ている者が後宮の一室に招き入れる存在は、一人しかいない。

ここは、後宮。後宮の女は皆、主上のものなのだから。

「出ていって。その顔、二度と見たくないわ。次に見たなら切り刻んでやるから！」

威公主が碁笥を投げつける。中の碁石が床に散らばった。

「蓮珠様、一旦威宮を出られたほうがいい」

秋徳が蓮珠の腕を引いた。気がつけば、騒ぎを聞きつけたのか、ほかの女官たちも顔を覗かせている。

女官たちの目が蓮珠を見ている。話を聞いていたのだろう。彼女たちの目は、まるで品定めをするように、蓮珠の全身をなめ回す。

秋徳に手を引かれながら、蓮珠は恥ずかしさに下を向き目をきつく閉じた。好奇の視線に、翔央と過ごした短くも大切な時間を黒く塗りつぶされていく。膝に力が入らない。この場にしゃがみ込んでしまいそうだ。

「うぐっ」

こみ上げる嗚咽を抑えこもうとして、喉のあたりがひきつるように痛んだ。

与えられた部屋で椅子に座らせられたところで、耐えきれずに蓮珠は泣き出した。掠れる声で繰り返す。

「ちが……ちがうん……です……」

「蓮珠様、とにかく落ち着きましょう」

秋徳がなだめる。彼には説明しなければと思うが、言葉がうまく紡げない。

「えっと、確認なんですが、昨夜この部屋に人が来たんですね？」

問い掛けに何度も頷く。そこはもう誤魔化しようがない。でも、主上ではない。そのことだけでも秋徳には伝えなければ、そう思ってなんとか顔を上げたところで、部屋の扉が開く。

「このたびは、おめでとうございます。主上のお渡りがございましたこと、まことめでたきことにございます」

宦官特有の男性としては低い背、高いままでしゃがれた声。そこにいたのは、後宮管理側の宦官の頂点にいる人物、高太監《こうたいかん》こと高勢《こうせい》だった。

「高太監……、どうしてここに、あなたのような方が？」

秋徳が言ってからハッとしたように慌てて礼をとる。

「後宮で起こることは、すべて私の耳に入るのですよ」

秋徳の横をすり抜け、高勢が蓮珠のほうに近づいてくる。

深い皺が刻まれた顔は、表情らしい表情を読み取らせない。口角だけが笑みの形につり上がっている。その糸で縫いつけたような不自然さに、蓮珠は身が竦んだ。

「その者、この宮の者か？」

高勢が蓮珠から視線を外さずに問い掛ける。

「いえ。……自分は白鷺宮付きの秋徳と申します」

「では、去りなさい。ここはお前の居ていい場所ではない」

高勢は秋徳のほうを見ようともしないで言うと、再び蓮珠へと近づいてくる。

秋徳が立ち上がるのを見て、蓮珠は止めた。

「秋徳さん！」

しかし、立ち上がった秋徳の両脇から高勢の部下と思われる宦官が出てきて、秋徳を扉の向こうへと引きずっていく。

「お気に入りの宦官をお持ちになるには、まだ早いですぞ」

部屋の扉を見つめる蓮珠の視界に割り込み、高勢がニタリと笑う。

「ご、誤解です……」

蓮珠は首を振って訴えた。だが、高勢はすべてをわかっているというように深く頷くと、皺だらけの手で蓮珠の肩をポンポンと叩く。

「なにが誤解なものですか。堂々となさい。……長く後宮に居ります身として、あなたのような女官を何人も見てますから、わかりますよ。女官の身で主上の寵を得たなど恐れ多いことだと、自身を責める必要はない」

傍目には初めてのことに震える女官を優しく諭し、慰めているように見えるだろう。だが、蓮珠は肩に乗せられた手に強い力が込められるのを感じていた。これは脅しだった。

蓮珠は急激に冷静さを取り戻した。上から押さえつけてくる高勢の手を睨む。

「ほう。落ち着かれたようで……」

高勢は片目だけ器用に見開き、蓮珠の前に形ばかりの礼をとる。

「つきましては、大切な御身を外界より保護すべく、宮を整えさせております。ですが、まずは衣から整えましょう。あなた様は、もうただの女官ではないのですから」

高勢の部下の目が部屋を出るように促してくる。せめてもの抵抗に椅子を立たずにいれば、高勢の部下は秋徳にそうしたように両脇から蓮珠を引き上げ、強制的に立たせる。

「丁重にな……」

呟いた高勢は身体の向きを変えると、部屋を出て行った。蓮珠を立たせた宦官たちもそれに従い、無言で蓮珠の背を押す。

威宮から連れ出されてしまう……。蓮珠はとっさに机の上に手を伸ばすと、翔央からもらった薔薇を手に取った。

「……いただいたものです」

蓮珠の行動を怪しむ高勢の部下に見せつけるように、白薔薇を胸の前で握りしめる。

「……よいよい。持たせておけ」

振り返った高勢は、蓮珠にでなく部下に対してそう許可を与える。

蓮珠は自分の意思でこれを持っていくのだと示すべく、自ら部屋を出た。

宮の廊下を出口へと向かう高勢に、威宮に来ていた女官の一人が駆け寄る。

「高勢様、私をお連れください。陶蓮様も知った者がいるほうがご安心でしょうし。誠意を持ってお仕えさせていただきますわ」

すり寄りそうな勢いの女官を、高勢は冷たく振り払った。

「不要だ。こちらで寵姫に相応しい者を手配する。お前は異民族の小娘の相手をしていればいい」

高勢の口から出た「寵姫」という言葉に、蓮珠は唇を噛む。主上の寵姫は威妃だけだと叫び散らしたい。

蓮珠は本気で威妃を尊敬している。いや、あの強さに憧れているというほうが近いかもしれない。主上は威妃を必要としていて、威妃はそれに応える実力がある。

俯き歩く蓮珠が、先ほどの女官の前を通るとき、女官が呟いた。

「ここを出て、先のある宮に移れると思ったのに……当てが外れたわ」

誰が、高勢を連れてきたのか。蓮珠はそれを理解して、女官に何か言おうと足を止めた。だが結局、適切な言葉が見つからず、無言で睨むことしかできない。

そんな蓮珠の背を高勢の部下が強く押す。歩き出した蓮珠は、負けまいと真っ直ぐに顔を上げた。

輿《こし》に乗せられ運ばれていく蓮珠を見送る人々の目は様々だ。好奇、批判、哀れみ、侮蔑。

だがそこに、純粋な怒りをぶつけてきた威公主の目はなかった。

数多の妃嬪に見向きもしなかった主上が、威宮の女官に寵を与えたらしい。

噂は瞬く間に後宮中に拡がり、その日の夕刻には宮城内の隅々まで拡がっていた。

同じ頃、蓮珠は衣を改め、女官姿から妃嬪に仕立てられていた。

「ほう。見違えましたな。すでに品が備わっているとはなかなか……」

高勢が意外なものを見るように言った。

蓮珠が着せられたのは、淡い翡翠色の地に黄色い臘梅《ろうばい》の花紋が刺繍された襦裙だった。臘梅は奇花宮《きかきゅう》の花紋で、この宮には複数の才人《さいじん》が入っている。

相国の後宮制度は上から四妃（正一品）、淑儀《しゅくぎ》、婉儀《えんぎ》（従一品）、昭儀《しょうぎ》、充媛《じゅうえん》（正二品）、才人（三・四・五品）、側女《そばめ》（正六品から正八品以下）となっているので、蓮珠が一番下から二番目に置かれたことになる。女官より一段上というところだ。

「女官服よりしっくりくるなんて者は、なかなかおりません。これは主上がお目を留められるのも無理はない」

蓮珠は威妃の身代わりの時にそうしていたように髪を結われ、装飾品をつけてもらうまで、じっとしていた。それさえも高勢からすると珍しいらしい。

物慣れていて当然だ。蓮珠は威妃として最上級の衣服や、頭が重くて首が痛くなるくらいに装飾品をつけた髪型も経験している。それらを身に着けて、身代わりとして恥ずかしくないように、姿勢を正し優雅に歩くよう指導も受けているのだから。

「これはこれは……ふっふふ……」

高勢の声が、なにやら不穏な笑いを含んでいる。

主上が幾度もこの女官目当てに威宮にお渡りだったとか、立后式の直前になにを考えているのだという声も上がっているらしい。威妃に、どう謝ればいいのだろうか。

鏡の中の蓮珠は、固い表情のままだ。それをどう思ったか、高勢が鏡を覗き込む。

「後ろ盾がないのが不安であれば、わたしのほうで相応しい家の方にお願いすることもできますが？」

高勢の提案に蓮珠は即答した。

「必要ありません」

それで気分を悪くしたかと思えば、そうでもないようだ。珍獣を見るような目で蓮珠を観察している。その高勢がしばらく黙っていたかと思えば小さく呟いた。

「さすがですな」

なにがだろうと思って高勢を見返すと、老宦官に耳打ちした若い宦官が離れていくところだった。高勢が蓮珠の問い掛ける視線に応えてニタリと笑った。

「主上が連夜のお渡りでございます」

叡明の後宮では、一応、宮持ちの妃嬪全員が最初にお渡りを受けている。だが、これに関しては、誰も寵愛を受けたとは思っていない。妃嬪たちは口をそろえて「あれはたんなる面談だった」と言っている。

歴史学者であり、国内最高峰の頭脳を持つ今上帝は、一度の面談でだいたい妃嬪の人となりを把握し、それに見合った扱いをするようにしていた。そして、こちらも寵愛を受けたと思っている者はいない。皇帝本人が誰かの宮を訪れるということはなく、折々に絹だったり、簪《かんざし》だったり、本だったり、硯《すずり》と筆だったり……とその妃嬪がほしいものをお与えになる。武門の出である許妃《きょひ》は、良い馬の少ない相国で、最高級の駿馬《しゅんめ》を何頭も所有している。皇帝が許妃に下賜した馬だ。

とにかく相国今上帝は「二度も会う必要はない」と言い切る方だ。二回以上のお渡りを受けたのは、これまで威妃だけだった。

それが、女官に寵を与えたばかりか、二度目のお渡りということで、蓮珠の周辺がざわつく。女官や宦官らは、自分たちの宮の妃嬪が寵を得れば、伴って後宮内の地位が上がるので、そのあたりを期待した目が蓮珠に向けられていた。

蓮珠のほうも、周囲とは違った意味で期待する。この騒ぎは、叡明が否定すれば、それで終わる話だ。なんといっても、叡明は蓮珠を良く思っていない。寵を与えたなんて冗談じゃない、とか何とか言って、きっと騒ぎを収束してくれるだろう。

周囲の期待とはだいぶ方向性の違う気合を入れて、蓮珠は叡明を迎えた。

奇花宮は才人の位を賜った複数の妃嬪が入っている宮なので、妃嬪は主上の到着を自室で待つことになる。「お渡りです」と知らされてから、実際に部屋に到着されるまでずっと跪礼で待機することになっていた。蓮珠は冷たい床に膝をつき、頭を下げたままの状態で、主上が案内人に先導されて近づいてくる足音に耳を澄ましていた。

「微動だにされないなんて……」

女官の誰かが感嘆している。蓮珠からすれば、どうってことではない。毎朝朝議で行なっているのと変わらないことをしているだけだ。むしろ、あちらのほうがキツい。皇帝が朝議の場に入る前から終わって出ていくまで、この体勢なのだから。

「……余の寵を得たと申すはお前か？　顔を上げろ」

叡明の許しに蓮珠は顔を上げた。

目が合った瞬間は、少しだけ目を見開いたものの、叡明はすぐに呆れ半分の表情で小さく呟いた。

「……そういうことか」

さすが怖いくらいに頭が良いと言われる皇帝。この場に蓮珠が居たということだけで、だいたいの事情を察したようだった。呆れた顔で、周囲に対して片手を振る。

「皆、出て行け。彼女が怯えている。……冬来、扉の前に控えてろ」

人払いの上、後宮では常に傍らに置いていると噂の皇帝警護官に、扉前の警護を命じる。誰も近づけるなという意味だ。

「御意」

拱手した冬来は顔を上げると、すみやかに室内の人々を追い出しにかかった。

ほどなくして、室内には叡明と蓮珠の二人だけとなる。

こんな騒動を起こしたのだ、蓮珠としては、お叱りの言葉を覚悟していた。だが、叡明は適当に引き寄せた椅子に腰掛けると、呆れと感心の混ざったような声を上げた。

「……僕の寵を得たなんて言い出したのは、どんな女官かと思って顔を見に来れば、そんなことをもっとも言い出しそうにない者が待っているとは……。時に世の中には僕の計算を超えるような出来事が起こるものだね」

計算外と言っても、蓮珠と叡明では、できる計算の規模がかなり違う気がするので何とも言えないが、とりあえず同意して頷いた。

「で、……なんとなくわかった気もするけど、一応経緯を聞かせてもらおうか？」

叡明に問われて、翔央が威宮の自分の部屋を訪ねてきたところを威公主に見られたこと、それについて威公主から責められていたところを女官に見られ、後宮管理側に報告されたこと、高勢が迎えに来て今に至るまでを一気に説明した。

「さすが官吏経験が長いだけあるな。よくまとまっている。ぜひ、黎令にその技を教えてやってほしいものだ。あれはかなり優秀なのだがどうにも語りが長くてな……」

蓮珠にとって、現状は一生を左右する一大事なのだが、叡明はまったく緊張感のない返しをする。

「これは時機が悪かったたな。……昨夜は冬来と二人で栄秋の街に出ていて宮を不在にしていた。夜中には戻っていたので、かえって状況と符合してしまったわけか」

叡明は手で蓮珠に立つように促すと、椅子の背にもたれて天井を見上げて唸った。

「お出かけになっていらしたのですか？」

蓮珠はなんとなく翔央と居るときのようにお茶を淹れて、叡明の前に置いた。

「儀礼のための潔斎《けっさい》なんて、ただの食事制限でしかないからね。美味しいものが食べたくなったんだ。……冬来は店先で匂いを嗅いだだけでいい店かどうかがわかるから助かる……って、陶蓮、お前は秋徳に茶のなんたるかを学べ。雑な味がするぞ」

わかっている。この方は頭が良すぎて、蓮珠の身に起きたことなど、昨夜の夕飯になにを食べたかとたいして変わらない話としか感じないのだ。

文句は言うものの、叡明は蓮珠の淹れた茶を飲みほすと、ため息をついてからとんでもないことを口にした。

「あのな、陶蓮。……後宮の女官なんて言うから、お前だと思わなくて、つい身に覚えがあることにしてしまったんだが、どうすればいいだろうか？　度胸ある女官の顔を見ようと思った程度だったんだが……」

叡明が否定すればそれで終わりだと思っていた蓮珠は、思わず叫び声を上げた。

「なんでそんな雑な処理するんですか！　この国一番の頭のいい方ですよね、その頭で、どうにかしてください！」

だが、どこまでも思考が常人とはズレている叡明は、蓮珠に真剣な顔で反論した。

「僕は一番じゃない。僕より頭がいいと認めている者が三人いる」

「主上……お願いですから、もう少し本気でお考えいただけますか……」

蓮珠が額に手をやると、叡明が空の茶器を見下ろして、常のような低いボソボソとした声で話し出す。

「わかっている。……陶蓮、お前はどの程度本気でこの国に仕える気でいる？」

「小官はこの国の官吏です。この国のために尽くすのが本分です」

「ならば、このまま成り行きを見守る。お前には後宮の中でやってもらわねばならないことがある。だから、後宮の外に出られては困る。……わかっているな？」

確認されたが、蓮珠は即答しかねた。

「ですが、威公主様のお怒りを買いました。探ることとなんて」

だが、これに叡明は呆れ顔で応じた。

「なにを言っている、陶蓮。お前はもうすでに威公主の狙いを知っているではないか。李洸を通じて余も耳に入れている。ここからどう動くかを考えていたが……今回の件はうまく利用できるはずだ」

意味がわからない。この頭の良すぎる主上は、どうも説明を端折るところがある。詳しい説明を乞うように、蓮珠はじーっと叡明を見た。寵愛云々《うんぬん》で向き合う皇帝と妃嬪とは思えぬ色気のない視線の交換だった。

「陶蓮にもわかるように順を追って説明する」

そう言うと、叡明は、指先で二つの丸を宙に描く。

「朝廷は、威妃の立后を歓迎している側と、歓迎していない側とがいる。歓迎しているのは、主に和平派。立后によって威との同盟関係強化を望んでいる。歓迎していない側は、主に反和平派……というより主戦派だな。彼らは威との戦争を望んでいるので、威妃の立后により、より戦争しにくい状況になることを怖れている。だから、威妃立后を阻止したいわけだ。ここまでは理解できているか？」

教師のように叡明が確認する。蓮珠は、話を邪魔しないように頷いてみせた。

意を汲んだ叡明はそのまま話を続ける。

「なぜ、主戦派は威との同盟を拒絶するのか。これは、威による内政干渉を阻止するため、というのが表向きの主張だ。裏には、威国によって自分たちの既得権益が奪われるという考えがある。自分たちの権力・権限、それに伴う利益を威に奪われるのは許せないというのが、彼らの本音だろう」

区切った叡明が蓮珠に視線で問い掛ける。

「共感はしませんが、理解はしました」

叡明は、蓮珠の返答に満足して、蓮珠の前に人差し指を立てる。

「この後宮で余が寵を与えたのは威妃一人だ。当然、余の子を産むのは威妃だけということになる。その子が次期皇帝となれば、たしかに威国が口出ししてくるかもしれないが、威国と相国では、国の体制が違いすぎる。主戦派が主張するような、威妃を通じた威による内政干渉などは起こらないと、余は考えている」

そうは言われても、少々疑問がある。

「立后式直前になってなぜ動き出したんですか？」

「いや、ずっと動いていた。お前も知っていることだが、この後宮の護りはわりと穴だらけだ。これは何故だと思う？」

叡明はこともなげに言ってから、教師が生徒にするように問い掛けた。

「威妃を立后に相応しくない妃にするためだ。お前にとっては不快な話で申し訳ないが、英芳兄上の手法を真似た形だな。主戦派は威妃自ら後宮を出て行かざるを得ない状況を作ろうとしたわけだ。だが、これもお前が知っていることだろうが、威妃は大人しく間男に襲われる女性ではない」

最後の部分だけ威張ったような顔をする。皇帝でも惚気《のろけ》ることがあるようだ。

「威公主は、どこからかこの状況を耳にして、相国にやってきた。彼女は毎夜威宮の周りを見張っていたんだろうね。ただ、昨夜は、威妃は潔斎のため不在だったし、いつものような見張りはしていなかっただろう。だが、人の気配には気づいていた。やがて、女官の部屋から出ていく者を彼女は見る。……確実に威宮を離れるのかを確認したのかもしれない。あるいは、お気に入りの女官姿の官吏の元を訪ねてきた者に興味があったのかもしれない」

お気に入り、とは自分のことだろうか。だとしたら、あれほどの怒りをぶつけられた今となっては、非常に複雑な気分になる。

「いずれにしても、彼女が見た者は、後宮だというのにいかにもお忍びという格好の皇帝だった。……翔央は基本的に皇族として公の場に出ることがない。威公主の前に鎧甲の武官姿で出たことはあっても、顔を晒してはいないはずだ。双子の弟がいることぐらいは、知識として知っているだろうが、どれほど似ているかは知らない。彼女から見たら後宮内を歩いている男の顔は、玉座に座っていた男と同じわけだから疑いようがない」

叡明は思案するように、天井に視線をやる。

「さて、こうなると勢いづくのは主戦派だ。彼らは必ずお前に接近してくる。これは立后式をひっくり返す好機だと考えているだろうからな。お前を威妃の対抗馬にし、立后すべき存在に推してくるだろう……。自分の駒を立后してしまえば、皇帝に次ぐ権限と言われる皇后権限で、たいていのことができる。邪魔になった威妃を国内から追い出すことも可能になるわけだ」

言って、叡明は企てのある顔で蓮珠に命じた。

「陶蓮。お前が本気でこの国に仕えるというなら、このまま主戦派の出方を窺う。朝廷でお前を立后すべき存在として推すために、派閥の長を後ろ盾につけようとするはずだ。その者を引きずり出す。さっきも話したとおり、主戦派には後宮の警備を手薄にできるような大物も入っているようだから、一網打尽にできれば、朝廷内の腐敗官吏を一掃できる」

それは、叡明が李洸と推し進める内政改革にとって、大きな一歩となることは間違いなさそうだ。

叡明はひととおり話した後に、扉の前に控えていた冬来を呼び入れる。

冬来が部屋に入って来た時、申し訳なさに蓮珠は泣きそうになった。だが冬来は、そんな蓮珠にほほ笑んでくれた。その後、簡単な打ち合わせをする。

「陶蓮、高勢が宮を整えているというのなら、それには乗っておけ」

奇花宮は数名の妃嬪が居所として使っている宮なので、一人の宮と比べて人の出入りが多く、警備の行き届かない部分が出てくる。皇帝の寵を得て女官から妃嬪になった蓮珠は、今や後宮の妃嬪にとって嫉妬の的だ。同じ宮だけでなく、ほかの宮の妃嬪からも狙われる可能性が高い。

「嫌がらせ程度のものなら、対応には慣れているから問題ないな？」

蓮珠が頷くと、冬来は『慣れていることがいいと言うわけではありませんね』と苦笑いした。


金烏宮にお戻りになる主上を見送りに出る前に、蓮珠は跪礼し、懇願した。

「……主上、不敬を承知でお願いがあります」

これだけは、とばかりに蓮珠は叡明を見上げ、返事を待った。

「お前は余を怖がっているわりに度胸があるな。いいだろう、言ってみろ」

少し間を空けて、叡明が応じる。蓮珠は改めて頭を深く下げて願い出た。

「翠玉をお守りください」

後宮内外の思惑は、確実に蓮珠の周囲へと拡がっていく。そうなれば、一番危険なのは、たった一人の家族である妹の翠玉だ。

「聞き届けた。余としても、代筆がいなくなるのは困るからな。すぐに手配しよう」

叡明の返事に蓮珠はホッとした。

「……しかし、保護したとして、どこに置いておくかが問題だな」

思案顔の叡明に、やり取りを黙って見ていた冬来が声を掛ける。

「……それについては、わたくしに考えがあります。お任せいただけますか」

「冬来殿がそう仰ってくださるなら心強いです。どうかお願いします」

蓮珠は叡明に対するのと同じように、冬来の前に深く頭を下げた。

蓮珠はそのまま頭を下げて、去って行く皇帝とその警護官を見送った。


今上帝は予言者のように頭がいい。蓮珠は翌日の朝にもそれを改めて思い知った。

蓮珠は朝餉を終えて早々に宮を移動することになった。

「皇帝の寵姫に相応しい宮が整いました」

高勢は恭しく礼をとってはいるが、やはり口角を上げただけの見せかけの笑みに薄ら寒いものを感じる。

それでも、昨日とは違い蓮珠は落ち着いて宮を移動した。移動に伴う女官、宦官の数も昨日とは違っている。昨日と同じなのは、胸の前に握りしめる白薔薇だけだった。

「ここですか……」

蓮珠は扁額を見上げて呟く。芳花宮《ほうかきゅう》、元呉妃の宮だった。

「元の造りが立派な宮でございますから、こちらを整えさせていただきました」

高勢の言葉に、蓮珠は遠慮の顔を作る。

「この花宮は妃位の方の居所です。わたしのような者が足を踏み入れるなんて……」

半分演技、半分本気だ。空き宮とはいえ、よりによって芳花宮というのは、どうにも腰が引ける。

芳花宮の主は、皇帝・皇后を殺めようと企てた罪により失脚した呉然の娘、呉淑《ごしゅく》香《か》であった。彼女は蓮珠の威妃身代わり生活での友人だった。父の失脚に伴い、妃位を辞した彼女は今では道姑となって、都にある御堂で西王母に祈る日々を送っている。

美少女にして聡明な彼女は、後宮妃嬪のほとんどに一目置かれる存在だった。

芳花宮の扉の前で俯く蓮珠の背後から低く響く声が掛けられる。

「なにを仰いますやら。あなた様は主上の寵を連日にわたって受けた身ではないですか。妃位どころか、その上にだって昇ることができますよ」

振り返ると、特徴的な紫の官服姿の男が立っていた。

なぜ後宮の奥に男性が？　蓮珠がそれを問う前に、高勢が説明する。

「こちらは陶蓮様の後ろ盾となられる方。御史台の長、司馬衛《しばえい》様にございます」

妃嬪の後ろ盾ということは、実家と同じ扱いになる。妃嬪の父親と兄弟は面会に限ってなら後宮に入ることが許される。

見た目には四十代後半というところか。文官にしては鋭い目をしているのは、御史台の長という仕事ゆえのことだろうか。

御史台は、朝廷の監察を司り、官吏を弾劾する部署である。蓮珠も下級官吏として在籍したことがある部署だ。ただし、御史台にいたのは五年も前の話で、当時の長は司馬衛ではなかったが、同じような鋭い目をしていたことは覚えている。官吏と名のつく者を前にすると、あら探しをする習性が身についているのかもしれない。

蓮珠は初対面の相手をじーっと見てしまう癖がある。蓮珠の視線に気づき、司馬衛は口髭の下の薄い唇に歪んだ笑みを浮かべる。蓮珠は反射的に身を引いた。

「わたしは一介の官吏です。皇后位なんて望んでいません」

「クッ。こちらが言ったわけでもないのに口にされるとは野心家でいらっしゃる」

引っかかったとばかりに司馬衛が笑い声を上げた。

「わたしは後ろ盾など不要と言ったはずですが？」

蓮珠は、司馬衛をそのままに、高勢を問いただした。

「その覇気とも言える威圧感を惜しみました」

高勢は皺に埋もれた目で蓮珠を上から下まで見る。

「あなた様は、ただの後宮女官では持ち得ない気品や優雅さだけでなく、官吏としての聡明さもお持ちだ。その上、最上位にある者だけが持つ特有の威圧感までも……」

それは自分のものではない。威妃の身代わりとしての蓮珠であって、蓮珠自身が持っているものではない。

蓮珠が言葉に詰まっていると、司馬衛が冷たい声で恭しく言った。

「なんであれ、あなたの意思など、最初から誰も問うてございません。……あるのは、主上の御意思、それただ一つにございます」

目に浮かぶのは、蓮珠という手駒を見据える鋭い光。主上への忠信の欠片もない。

司馬衛のほうこそ、野心家と言うに相応しい顔をしていた。


早速、主戦派が接近してきた。蓮珠は芳花宮に入ると、色々と考えたいから一人にしてほしいと言って部屋の一つに入った。

紙と筆を用意し、硯を出したところで手を止める。

「問題は、どうやって主戦派に関する報告を上げればいいのだろう。これまでなら色々理由をつけて壁華殿に行けたけど……」

司馬衛の件は、一刻も早く李洸に伝えたいところだ。彼ならば司馬衛の属する派閥や、その繋がりを調べることが可能なはずだ。

これは、主上にしては手抜かりではないか？　などと思いつつ唸っていると、カリカリと部屋に続く露台への扉を引っ掻くような音がした。それに続き猫が合図のように二回声を上げる。

扉を開けてみると白っぽい灰色の毛並みに少し濃い灰色の縞模様が入った猫がちょこんと座っていた。

「あら、かわいい。どうぞ、入って。ん〜、どこの子かなぁ？」

蓮珠は猫を抱き上げて部屋に入れると問い掛ける。

うにゃ〜ん、と甘えた声で、猫は蓮珠の胸に頬をすり寄せる。

「ああ、やっぱり、誰かの飼い猫みたいね」

首に革製の首輪をしていた。が、そこに見覚えある紋を見て固まる。

「これは……喜鵲紋《きじゃくもん》?」

喜鵲は、まだ先帝の皇子だった叡明の賜っていた宮の名であり、鳥紋《ちょうもん》だった。

「まさか……」

蓮珠は首輪のあたりをよくよく見て気づく。

革が二つ折りになっていて、首輪につけられた水晶珠の金具がその状態を保っている。つまり首輪を外して、水晶珠を外すと……。

「やっぱり、紙が挟まっている……って、主上……読めません」

紙を開いたところで蓮珠は、うわああっと叫びそうになった。

叡明の字は翠玉という代筆者が必要なほどの悪筆だ。

「まあ、なんとなくこれを使ってやり取りしろとかそんなところよね、きっと」

蓮珠は一人納得して呟くと、先ほど用意した硯で墨を磨《す》る。

「ちょっとだけ待っていてね」

蓮珠のお願いに、小さな侵入者は、にゃあと呑気な声を上げた。

こんなに可愛くてバレにくい通信士をお持ちとは、さすが主上だ。

蓮珠は少し考えてから、バレてもパッとわからないように威国語で記した。叡明は威国語ができるし、傍らにはいくつかの言語に精通していると聞く冬来もいる。

蓮珠は紙を革に挟むと、元どおり水晶珠のついた首輪にして猫の首につける。

「じゃあ、お願いね。次に来てくれたときは、なにかお菓子を用意しておくから」

露台への扉を目立たない程度に開いて、猫を外に出す。

「なんて名前なんだろう。今度教えていただかないと」

昼頃に戻ってきた猫が持ち帰った紙には、威国語で短く蓮珠の知りたいことが書かれていた。読める字になっているところを見ると、書いたのは冬来かもしれない。

いい方法だ。これでいく。調べておく。白虎《びゃっこ》に持たせろ。

白虎というのが猫の名らしい。白いトラ猫だからか。蓮珠の官名『陶蓮』に限らず、叡明の名付けは、そのまんまが基本らしい。

「それにしたって、国の聖獣の名前をつけちゃうなんて……」

膝に乗せた白虎を撫でる。

「迷子にならずにちゃんと届けられるなんて偉い子ね」

後宮内はそれなりに広い。建物もたくさんあるし、長廊下はくねくねしている。猫の身体ではなかなか大変ではないだろうか。もしかすると李洸の手の者が適当なところで回収して、璧華殿の皇帝執務室まで連れていくとかだろうか。

蓮珠は働く聖獣を労うべく抱き上げた。

ふっと鼻先を甘い香りがかすめた。

「あ……」

幸せすぎた瞬間の記憶が蘇る。蓮珠は、たしかにその香に包まれたことがある。

「……白虎、あなた……」

それ以上、言葉がでなかった。

蓮珠は机の上の白薔薇の花弁を一枚とると、軽く口づけて首輪の革にそっと挟む。どうか、伝わりますように。祈って、白虎を送り出した。

「露台へ繋がる扉など睨んでどうなされた？　よもや、逃げようなどとお思いではないだろうな？」

振り返れば、いつの間にか司馬衛が部屋の扉のところに立っていた。

「空気の入れ換えでもしようと思っただけです。しばらく閉鎖していた宮ですから」

蓮珠は扉を少し開けたままにして、机に戻ってきた。

「なにか御用でしたか？」

司馬衛の動きを警戒して見ながら蓮珠は問い掛けた。

「ご一緒いただきたい場所がございましてな」

「どこにでしょうか？」

主戦派に連なる人物のところだろうか。

司馬衛は派閥の長になるにはまだ若い気がする。それに、御史台所属では後宮の警備を緩める権限まではないだろう。

だとしたら、ここは乗るべきだろう。蓮珠が思った次の瞬間、司馬衛は意外な名前を口にした。

「行部にございますよ」

それは、蓮珠が帰りたくて、でも帰れないかもしれない場所の名だった。

第六章　花守

昼下がり、宮城内の官庁舎の一角にある行部も多忙を極めていた。

蓮珠は司馬衛について部屋に入るなり、自分の机を見た。

「あ……」

そこに積み上がっていた書類の山がない。

最初から誰もいないし、机さえも存在していないかのようだった。

戻る場所を失ったのだ。蓮珠が呆然と立ち尽くしていると、下級官吏の一人が蓮珠に気がつき、声を上げて駆け寄ってきた。

「陶蓮様！　ようやくお戻りに……って、なんですかその格好！」

言われて蓮珠は自分の着ているものを見下ろす。

「官服じゃなくて、襦裙ってことは、あの噂本当なんですか？」

別の下級官吏が駆け寄ってきて蓮珠に問う。

「噂って？」

「陶蓮様が立后されるって……あ、そうだとしたら顔上げてしゃべってるのマズイですよね？　……ふ、不敬で罷免ですか？」

蓮珠は首を振った。

騒がしくなってきたことに気づいてか、奥の机から黎令が出てくる。

「……は？　陶蓮と御史台の司馬衛様？」

黎令は眉を顰めて蓮珠を見た。

「……官吏がなんて格好で現われるんだ？」

「えー、お綺麗じゃないですか！」

副官としてその傍にいる何禅が反論すると、黎令は鼻を鳴らした。

「官吏に『お綺麗』は不要だ。そんな袖は決裁書類の処理に邪魔なだけだろう？」

彼に同意する。妃嬪の襦裙姿では、行部の仕事には戻れない。

「……いい感じはしませんね」

いつの間にか蓮珠の傍らに立っていた魏嗣がボソッと呟いた。

「ぎ、魏嗣さん。すみません、こんな格好で……」

魏嗣は、さらに小さな声で「違いますよ、司馬衛殿です」と言った。促されて、その姿を探せば、彼は真っ直ぐに蓮珠の机に向かっている。

不穏な空気を感じてか、立っていた黎令が司馬衛のほうへ歩み寄る。

「司馬衛様、本日はどのような御用向きでございましょうか？」

「黎令殿か。……まあ、そなたには関係あるまい。我々に近しい者だからな」

司馬衛は鼻を鳴らすと、蓮珠とは別に連れてきていた彼の部下たちに命じた。

「行部の机にあるものを押収しろ」

御史台の下級官吏が、黎令の横を抜けて、それぞれの机へと歩み寄っていく。

蓮珠には、司馬衛の意図がわからず、黎令を見た。だが、黎令も御史台の目的がわからないようで、焦った顔をする。

書類を守ろうとする下級官吏の手を取り押さえようとする御史台官吏を見て、魏嗣が遮る。

「お待ちください！　我が国は、何も言わずに官を取り押さえるなんて不当を許す国じゃなかったはずです！」

司馬衛が魏嗣をチラッと見て、顔を背けた。中級官吏が言うことを取り合う気などないというのがありありとわかる。

「司馬衛様、お聞かせいただけますか？」

黎令が問い掛けてようやく司馬衛が口を開く。

「ふん。……この部署は国家行事準備を任されているのをいいことに、立后式関連で用いる花の仕入れ元と結託し、仕入れ値を釣り上げ、その上げた分を業者と分けようとした。これは不正であり、官吏として規律違反である。よって、御史台にて物証を押さえさせていただく」

蓮珠は『花の仕入れ』という言葉に反応して、司馬衛の片腕を止める。

「花の仕入れは、わたしが担当したものです。そこに不正があったと……？」

呆然とする蓮珠に代わって、黎令が声を上げた。

「陶蓮が……ですか？　待ってください。何かの間違いでは？」

「黎令殿。……こちらは陶蓮様である。恐れ多くも主上より寵を賜った方を官名で呼び捨てするとは不敬である」

司馬衛は黎令にそう言ってから、蓮珠の方を向いた。

「なんと、問題の案件は陶蓮様がご担当なさったのですか？　これは、まいりましたな。寵姫が不正に関わったなどあってはなりません。ここは、別の者が担当したということになさいませんと、主上がお心をお痛めになる……」

それは誰かに罪をなすりつけろということか？

「わたしは、そんなことをしていません！」

蓮珠は大きく首を振り、堂々と司馬衛に無実を訴えた。

不正を誰のものとするかの問題ではない。そもそもそんな不正なんてありやしないのだから。

でもこれは、自分の信念に関わる問題だ。官吏になって約十年、蓮珠は誠心誠意仕事をしてきた。与えられた仕事をきっちりやり遂げることが、蓮珠の喜びであり誇りだ。それを、ありもしない罪で踏みにじられる。そんなことは絶対に許せない。

「陶蓮様、言い逃れは罪を重くするだけでありますぞ？　……それとも、どなたかをかばっていらっしゃるのですか？」

司馬衛の蔑む目は、蓮珠の罪と決めつけていた。

「やってないことをやってないと言うのは、言い逃れではありません！」

「そうです、司馬衛様。この者は、むしろ上級官吏の心得が足りていないくらいです。下級官吏だったころと同じように自分で動かないと気が済まず、部下への示しがなっていないような者なのです。その陶蓮……殿が、不正を働いたとは思えません」

黎令の物言いは、けなしているようにしか聞こえないが、たぶん彼なりに庇ってくれているのだろう。あと、そんなに言いにくいなら敬称不要でかまわないのだが……。

「ふっ。黎令殿、あなたはまだ若い。一見して見えなければ、そこにはなにもないと思っておられるようだが……我々がなんの証拠もなしに取り押さえるわけがなかろう？」

証拠なんてものが、いったいどこから出てくるというのだろうか。なんの実体もない不正事件だというのに。

「何度でも言います。身に覚えがございません。……むしろ、こっちは花の仕入れ先を探して、下町まで出向いたのですよ？　不正などあるはずがありません」

結託できるような花の仕入れ元があったなら、ご紹介いただきたかったくらいだ。

「蓮珠様、いけません。そこまでで……」

魏嗣の諫める声がした。どういう意味だろうかと思った時、司馬衛が喉を鳴らして笑い出した。

「そうですか……陶蓮様が『不正はない』と仰るなら、ないのでしょうな」

司馬衛が手で合図し、御史台の官吏たちが再び司馬衛の元へと後退してくる。

いったいなにがしたいんだと思ったところで、司馬衛が恭しく跪礼する。

「主上の寵姫が仰ることに従いましょう。証拠もこちらにて処分させていただきますゆえ、ご安心くださいませ」

まさか、そんなことを『命令』したつもりなんてない。だって、不正なんて最初からなかった。証拠だってなかったはずだ。それなのに……。

「ちょ、待ってください、そんなことを望んだわけじゃありません！」

「では、この部署が起こした不正を御史台にて問うても良いと言うことでしょうか？」

どうして、こんな話になっているのだろう。蓮珠は額に手をやった。そこに呑気な声が部署の扉のほうから入ってきた。

「おいおい、これはなんの騒ぎだ？」

御史台が来たことを聞きつけたのか、部署の扉のところには野次馬が集まっていた。それらを押しのけて張折が部署内に入ってくる。

「あん？　これはこれは……名に馬がつくのに馬に乗れない司馬衛殿じゃねえか。このクソ忙しい時に御史台がなんの用だ？」

なにが起きているかを尋ねることもせず、張折がいきなり司馬衛を煽る。だが、彼は応じることなく、鼻先で笑った。

「昼日中から酒の匂いをさせる上司の下にいるから、愚かなことを考える者が出てくるのだ。この部署が不正を働いているとの告発が届いた。行部の書類はすべて御史台にて押収させてもらう。主上の寵姫様が関わっていらっしゃらないと証明せねばならないのでな」

ここにきて、どこから不正の話が出てきたのかがようやく明らかになる。司馬衛という人は徹底して、相手の位で話すことを決めるようだ。

「そもそもうちの陶蓮が不正なんぞするわけないだろう。どっちかって言うと、そいつは不正を暴く側だぞ。部署をひっかきまわしに来ただけか？　立后式まで日がねえってのに、御史台はお暇なんだな？」

張折は司馬衛でなく黎令に言った。

「知りませんよ。僕に言わないでくれますか。……それに、むしろ、司馬衛様は不正を握りつぶしたがっていらっしゃるようで、その点が気になるのですが？」

普段以上に不機嫌な声で黎令がそう応じた。

「花の仕入れにまつわり不正があったことは明らかである。告発者からは証拠も提出されているのでな。……それでも御史台への協力を拒むというのであれば、行部全体を御史台に連行させてもらうが……。張折殿、いかがか？」

「行部全体……？」

蓮珠はハッとして、部署の面々の顔を見る。その顔は一様に青ざめている。御史台の処分が重ければ、罷免もあるだろう。

蓮珠は思わず張折を見た。張折が珍しく渋い顔で蓮珠を見返す。それから、幾度か頷くと、ニヤリと笑った。

「なるほどな。……話が見えたぜ、司馬衛殿。あんた、罪のたらい回しをするつもりだったんだな？」

行部のほぼ全員が首を傾げる。

「……それはどういう？」

代表するように黎令が問えば、元軍師の上司が楽しそうに説明する。

「御史台は一つ不正事件の証拠を持っている。だが、それは何らかの力が働いていて、処理したいができない案件だ。それを行部になすりつける。いまなら、主上の寵姫がいるから、御史台側で握りつぶしましょうと言えば、もとの案件を陶蓮のためだという名目で闇から闇へポイッとできる」

だから、あんなにもしつこく自分にそんな事件はなかったと言わせたのか。蓮珠は唇を噛んで司馬衛を睨む。

「いや、でも……それだけだと、たらい回しになっていない気がしますが？」

何禅がさらに深く首を傾げた。

「もう一つの目的は立后式だろう？　行部になすりつけた罪を潰すだけなら、別に行部の書類を押収する必要がない。だが、ここまでの強硬手段をとってでも手に入れようとした。書類を手に入れて、どうするのか。たとえば、なにか適当な賄賂の証拠なんかを入れてみる。そんでもって御史台がその賄賂事件を発見する。当然行部では身に覚えがないので再調査を訴えるわけだ。……あとは、それを威妃側が放り込んだことにすればいい。威妃は我が身の安泰のために寵を得た陶蓮を陥れようとそんな仕掛けをしたんだってことにして、威妃が皇后に相応しくないのでは……と問題提起を行なうわけだ。それだけで、朝議は紛糾する。立后式を延期、さらには中止せざるを得ないところまで朝議場を荒らせば、目的達成だ」

張折は司馬衛に「どうだ？」と確認する。司馬衛が苦い顔で張折を睨み返した。

「御史台がそれを企てたという証拠はあるのか？」

司馬衛の低い声が張折に問い返す。

「そういうなら、そっちも証拠とやらを見せてみろよ。……どうせそいつは、行部とまったく関係ねえ案件なんだろう？　たとえば、野次馬の中にいるには位が高すぎる兵部次官殿に関わるお話とか……な」

張折の視線が、部署の扉から中を覗く野次馬へ向けられる。中下級官吏の官服の色ばかりの中、紫の官服が一人。あれが……。

「兵部次官の……彭益様？」

威公主を兵部調練場に招いての栄誉礼を企画した人物として、翔央が名を上げていたのを思い出す。

「なぜ知っている……？」

司馬衛が呟き、蓮珠を睨む。蓮珠の中から何かを探り出そうとする剣呑な視線に、自然と身が引けてしまう。それを支えるように蓮珠の背後に立った張折が、「ちっとは隠せや」と蓮珠にだけ聞こえる声で呟いてから、司馬衛を笑い飛ばす。

「おいおい、いじめんなって。……陶蓮は下級官吏を十年やっていた。兵部にいたこともあったはずだ。古巣にやってきた悪名高き兵部次官殿の名前に、興味があってもおかしくないだろう？」

司馬衛は張折を一瞥してから、部下に視線で命じると、無言のまま部下とともに行部を出ていった。

部署内の緊張が一気に解ける。全員が同時に息を吐いた。

「ちょ、息が合いすぎでしょ！」

誰かが笑い、つられて部署内のみんなが笑う。ひと息ついたところで、おのおのが自分の机に戻っていった。

「なんとかなったようですね。さすが『逃げの張折』様です。相手の逃げ場を奪って、自身が逃げ切る手腕はさすがですね」

魏嗣が三白眼を見開いて、興奮気味に言った。

「古い話を持ち出すなっての。……それより、陶蓮、気をつけろよ」

張折は蓮珠の肩を軽く叩いてボソッと言った。

「司馬衛の後ろには、ほかにも誰かいるぞ。さっきはああ言ったが、兵部の次官一人のためにやる規模の話じゃなさそうだ」

やはりそうなるか。

「それがわかる方法ってないですかね……」

ちょっとした愚痴のつもりで言ったことに、張折が簡単だと返す。

「お前が立后すればいい。そうすれば、司馬衛では皇后を支える看板にならないから、看板になるような大物が出てくることになる。司馬衛の後ろにいる奴を引きずり出すなら、これが確実だな」

簡単に言わないでほしい。蓮珠の仕事は、威妃になにごともなく立后していただくことなのだから。

宮には戻された蓮珠は、白虎に行部での件に関する短い報告文をつけて部屋から出した。司馬衛の後ろにいる者はまだ見えないが、先ほどの出来事は報告しなければならない。

蓮珠は庭木に消えていく白虎を見送り、ため息をついた。

司馬衛たちは自分を担ぎ上げて、本気で皇后に据えるつもりなのだろうか。それにしては、どうも動きが読めない。

「ご機嫌伺いしてくるわけでもないし……」

どうしても皇后にまで担ぎ上げたいと思っているなら、蓮珠に取り入ろうとか、気をよくさせて皇后に据えようとかしそうなものなのに、ハッキリした形で皇后に推してこない。白虎が運んできた紙で李洸から朝廷での状況を聞いているが、朝議が紛糾しているというわけでもないようだ。ただ、一部の官吏から、主上の寵を得た蓮珠の存在を忘れない程度に話題に出されているという。

「これは、主上の計算違いね」

「まあ、そうなるんじゃないの？」

突然傍らでした声に、蓮珠は椅子の上で飛び上がった。

「……い、威公主様……？」

「女官から大出世ね、陶蓮。ここまでくると、お前を威宮から追い出したワタクシに感謝してもいいんじゃないかしら？」

そこには初めて宮城の南門で彼女を見たときと同じ黒衣の威公主がいた。

「ど、どうやってここにいらしたんです？」

「普通に後宮内を歩いてきただけよ。まあ、廊下は通ってないけど」

怪しいこと、この上ない。

「その……裏切り者を消しに？」

「そうね。白姉様を脅かすかもしれない存在には今のうちに消えてもらおうかしら」

威公主が懐から短剣を取り出すと、蓮珠の首筋に近づけた。

「嘘つき陶蓮、これでもうお前も終わりね……」

ニッコリと笑う威公主に、蓮珠は一拍おいてから「あ、今の台詞！」と叫んだ。

慌てた威公主が蓮珠の口を手で塞ぐ。

「馬鹿ね、なんのために、こんな格好で入ってきたと思っているのよ。この宮はワタクシにとっても、あなたにとっても、敵陣のど真ん中なのよ」

わかったと頷き、蓮珠は解放された口でまず言ったのは「花香君の五巻ですよね？」だった。

「そういうこと。抜けていた五巻は陶蓮が持ってきてくれたものだったから、すぐに読む気にはなれなくて……。でも、いつまでも気分を塞いでいるわけにいかないって翠玉に言われて、それで読んだのよ。瞬間、悟ったわ」

ため息混じりに威公主が「ワタクシとしたことが」と肩を落とす。

「翠玉？　翠玉は威宮にいるのですか？」

「そうよ。……ワタクシ、あの日の午後の公務で白鷺宮様にお目にかかったの。もうそれで自分が勘違いしていたと知って、もうとにかく恥ずかしくて。それに、あなたにも申し訳なくて部屋に籠っていたのよね。そこに話し相手として白姉様が翠玉を連れてきたの。蓮珠の妹だって聞いたから、追い出す気にもならなくて……と言うより、結局ひたすら小説の話をしちゃったわ。最高の話し相手だったわ、あの子。まあ、おかげで五巻を読む気になったのよね」

威公主は「そのへんの経緯はいいのよ」と話を区切ってから蓮珠に確認した。

「五巻の内容は覚えているわよね？」

「忘れるとかあり得ませんから。……いや、今の今まで忘れていましたけど」

問題の『花香君』は兄の仇を討つために男装して皇太子警護の武人となった少女の物語なわけだが、その五巻では、主人公の少女が、少女の姿のまま敵方の手に落ちてしまう。少女は本来の姿で、すでに皇太子と出逢っており、恋に落ちている。

敵方は少女を皇太子妃として送り込み、駒にするつもりのように思われた。だが、実際は皇太子妃としての婚姻儀式で皇太子もろともに殺してしまおうという計画だったのだ。そもそもが武人である少女は敵襲を退けるが、男装していたことが皇太子に知られて、その前から姿を消すことになる……という筋書きなのだ。

「でも、あの切なさは細部まで思い出せます！」

「そうなのよ、あの場面で驚く皇太子と目が合って、自分から目を逸らす瞬間の……じゃなくて、その前よ！」

「大丈夫です。本当に細部まで思い出せています」

儀礼に乗じて皇太子と主人公の少女を暗殺するという企てを実行する際に、敵方の一人が主人公に言う台詞が『嘘つき花香、これでもうお前も終わりね……』なのだ。

「つまり、主戦派の狙いは立后式での皇帝・皇后暗殺ですね」

言ってから、蓮珠は言葉に詰まる。そして、大きく首を傾げた。

「ん〜、それでわたしをどうすると？」

「そこは俺の考えを述べさせてもらおう」

もう一つの声が入ってきた。若い男性のようだが、顔を黒布で半分以上覆っており、本当のところ若いのかどうかの判別がつかない。ただ、見るからに鍛えている身体の線が服越しにもわかり、ただ者ではない雰囲気がある。こちらも威公主と同じく全身黒をまとっていた。

「……相国後宮は、やはりそうとう警備が緩いのでしょうか？」

思わずぼやいた蓮珠に、威公主が真面目に返す。

「このへんは多少きつくしているようだけど、たいしたことないわね」

「はあ……。えっと、それで、そちらのかたは？」

「ああ、ワタクシの男よ」

……ん？　なにかまた聞き捨てならない言葉が聞こえてきたような気がする。

「その相国語、本当に合っていますか？」

「たぶん合っていると思うのだけど……。ねえ、ハル、間違っている？」

「まあまあ合っている。だが、俺はお前の従者ではない。下僕ではあるがな」

威国語から相国語に翻訳すると複数の意味を持つ単語の訳に、見解の違いがあるようだが、従者でなく下僕のほうが正しいとか、ますます関係が見えないのですが。

蓮珠はしばし、頭を抱えてから、諦めて切り替えた。

「はい、では、考えを述べていただけますか？」

「……寵愛につきものなのは、子だ。皇帝・皇后が暗殺された後に、寵愛を受けた娘が子を産む。その子は生まれた瞬間から皇帝となる」

「ちょ、ちょっと待ってください。わたしは子なんて……」

「産ませるか……あるいは連れてくればいい。いずれにしろ、成人するまでたっぷり時間のある傀儡皇帝にできる」

そのための「寵愛を受けた女官」だったというわけか。

「でも、証拠がないですよね……」

愚痴のように言えば、威公主とその自称下僕が顔を見合わせる。

「ここにも威宮に侵入したのと同じ間男が入ろうとしていたので、捕まえておいたわ。まあ、ワタクシたちだけで捕まえたってわけでもないけど……」

さすがに後宮警護官が機能したのかと思えば、楼台への扉が少し開いて、誰かの腕を飛び降りた白虎が室内に入ってくる。

「……翔央様」

蓮珠は思わず椅子を立った。だが、翔央が入ってくる気配はない。

「……翔央様?」

「ここは叡明の寵姫の宮だ。今の俺には入れない」

扉から離れていく気配を察して、蓮珠は駆け寄る。だが、その足を止めるように、翔央が冷たく祝辞を口にした。

「……本物の寵姫になったな。おめでとう」

主上が何度も女官の元へ通っていたという噂を耳にしたのだろうか。

「本気で……言っているんですか？」

蓮珠は開けた扉の向こう側に拡がる夜闇に問い掛けた。

夜闇の中、その姿は見えないまま声だけが返ってくる。

「皇帝の寵姫なら、お前の理想は容易く叶う。この国を戦争のない国にできる。俺ではは与えられないものだ」

翔央の言うことは正しい。皇帝の寵姫というのは望むものを得られる立場にある。だが、それでは蓮珠の願いが叶ったことにはならないのだ。

「……間違っています。わたしの理想の実現は、与えられる者なく、自らの力で得るものです」

蓮珠は言い切って、夜闇に飛び込んだ。

「……どうして、俺が見える？」

蓮珠を抱き留めた翔央が驚いて問う。

「見えません、でも、香りでどこにいるのかわかりました」

　蓮珠は翔央の袍の胸に頬を押し当て、その香りを吸い込んだ。

「翔央様、わたしは主上の臣です。ここにいるのも主上のためです。でも、わたしにとって主上は、叡明様という存在でなく国そのものなんです。主上に尽くすことは、国に尽くすことです」

　そこまで言ってから、蓮珠はそっと翔央の胸から頬を離す。

「今しばらく、主上に尽くします」

「……俺は本来、それほど気の長いほうじゃないんだ……あまり待たせないでくれ」

　懇願の声がゆっくりと夜闇に消えていく。蓮珠はしばらく深く頭を下げて見送った。

　翔央の残り香だけが、互いの未練を示すように、その場に留っていた。

「終わった？」

　威公主に問われて、頭を上げる。

「きっとまだ始まってもいないです」

　自分たちは、ちゃんと向き合うために、やらなければならないことがある。

　蓮珠は彼女を振り返り、涙を堪え、笑って見せた。

芳花宮は浮き足立っていた、それというのも三度目の主上のお渡りがあったからだ。

「僕を紙切れ一枚で呼び出すなんて、なかなかできることじゃないよ。さぞかし気分がいいんじゃないか、陶蓮？」

蓮珠は跪礼しただけで、答えはしなかった。

「で、どうにも逆らえない流れに抗うってのは、どんな気分だ？」

「自分にできることをするということを学びました」

「へー、今さらだね。僕は幼い頃に翔央を見ていて学んだよ。翔央は、僕にできないことは、だいたいできる。だから僕は、僕にできることをやればいいんだ、ってね。今はそれを冬来に学んでいるよ」

言いながら叡明は椅子を立つと、蓮珠の目の前でしゃがんだ。

「本来であれば、僕がどうしてお前を助けなきゃならないんだって言いたいよ」

視線が合う。初めて叡明に逢ったときも同じ冷たい目で蓮珠を見ていた。

「お前がすることは、結局は翔央を傷つけることに繋がる。僕はこれでも兄だからね、弟が傷つくのを見るのは辛いよ」

叡明の目の中に映る自分がぐっと迫ってくるのを感じた。

「翔央を傷つける者なんて、本来ならとっくに首を刎《は》ねている」

本気で言っている。蓮珠は絶対に視線を逸らすまいと、震えながらも跪礼を保った。

「お前のそういうところいいと思うよ。覚悟を決めたなら、決して逃げないところ」

叡明は、褒め言葉を口にしながらも不機嫌そうな口調のままだった。

「陶蓮、いいかげん翔央を巻きこむのはやめてくれるかな」

「……わたしが、巻きこまれるだけならよろしいのですか？」

反論というわけではなかった。だが、叡明はますます眉を寄せた。

「それを放っておけるような弟ではないんだよ」

そう言ってからため息をつくと、再び椅子に腰掛ける。

「……どこからか覗いている者には、今ぐらい親密な距離を見せておけば充分だろう。さて、紙切れでは書ききれないお前の計画とやらを聴かせてもらおうか？」

蓮珠もまた立ち上がると、紙と筆を用意する。それを見て叡明が思い出したように言った。

「陶蓮の字は見やすいな。歴史書や記録文に適している。……恋文には向きそうにないあたりが、さすが色気と可愛げを持ち合わせぬと評される女官吏らしいな」

記録文向きというのは、官吏として、褒め言葉と受け取っておくことにしよう。

いよいよ立后式を明日に控え、宮城内は慌ただしい雰囲気に包まれていた。

「このあたりでいいか？」

行部庁舎と隣の庁舎を結ぶ廊下に降ろされた蓮珠は、屋根の上から伸びた手に礼を言った。

「ありがとうございます、ハルさん」

芳花宮から出ること、後宮から出ること、さらに皇城を出て官庁舎まで。この皇城司をはじめとする警備兵だらけの道程を、誰にも見つからずに移動する。非常に難しいと思われるそれを、蓮珠を小脇に抱えたハルがやってくれた。

「礼はいい。気をつけてゆけ。このあたりにいるから帰る時に呼べ」

蓮珠は左右を見た。これだけ城内が忙しくて、ひっきりなしに人が通るのに、本当に一瞬だけ誰もいなかった。そこを見逃さずに蓮珠を屋根から降ろしたのだから、さすがである。正直、この人相手に警備する意味ってあるのだろうか、と思えてくるほどだ。

蓮珠は官服着用である。官吏の中に居る時は官吏の格好をしていることが一番目立たない。前回の行部訪問時に黎令の言葉に学んだ。

「このところ学ぶことばかりだ」

呟きながら行部庁舎内に入った蓮珠は、自分の副官の姿を探した。

「我が上司は有能な官吏であると思っておりますが、諜報活動には向いていないようですね」

頭上から声がした。見上げれば、魏嗣の特徴的な三白眼が蓮珠を見下ろしている。

「寵姫をクビになったのですか？」

「……本当にそうだったら、行部《ここ》に戻ってきてもいいですか、魏嗣さん？」

「そう仰るところ見ると、まだ寵姫業務が残っておりますか。まったく一番忙しいときに引き抜いていかれるなんて、主上は直属部署の実情をご存じなんですかね」

魏嗣は手に持っていた書類の山を蓮珠に持たせた。ありがたくも顔が隠れる。

「それで、どうなさったんです？　里心がついたなんてことではないでしょうが」

魏嗣と並んで歩くと、魏嗣の机には書類の山が幾つも乗っていた。

「……これ、わたしの案件ですか？」

「ええ。ほか何人かと手分けしておりますが、なんとか陶蓮様がお戻りになるまで部署の完全崩壊は食い止めますよ」

魏嗣の言葉に先ほどの疑問の答えをもらい、蓮珠は抱えた書類の山の裏で緩んだ口元を引き締めた。

「忙しいと重々承知の上で、部署のみんなに仕事のお願いがあるのだけど……」

「ほう。……では、部署の者を集めましょう。明日の打ち合わせを装いますので、ご自身の机の下にでも入っていてください」

幼い頃、悪戯を叱られて、罰として机の下に入っていろと言われたことがあったのを思い出す。この一番忙しい時に仕事を持ち込んだのだ、机の下で反省するにはちょうどよいかもしれない。

「おーし、全員集まったな。明日の話するぞ」

張折がどこに聞かせるというわけでもなく、やや大きな声で言う。

「ええ。それでは明日の立后式に向けて、新たな仕事の話をお願いします」

魏嗣の合図で、蓮珠は机の下に潜ったまま行部の面々に頼みたいことを話した。

いくつかの質問と、合図の確認を終えると、蓮珠は、今回の件で行部に迷惑をかけたことを謝った。

「……わたしに色々あったせいで、不正だとか罷免だとか言われてしまって。上級官吏として上に立つ身なのに、ちっともみんなのことを守れなくて……」

これに対して、彼にはあり得ないほど短い言葉で黎令が返した。

「そう思うなら、さっさと戻ってきて仕事しろ」

「この間の件以来、ご自分が御史台通いをやめて、行部の机で働いているからって強気ですねえ、黎令様ったら」

何禅が笑う。この人、意外と黎令に厳しい副官だったんだ。

張折はそのやりとりを呆れた顔で見つつ、机の下の蓮珠に言い聞かせる。

「いいか、陶蓮。なにかあったらちゃんと叫べよ。誰かしら助けてくれるからな」

張折を引き継いで魏嗣もまた蓮珠に諭す。

「いいですか、陶蓮様。我々は幼い子どもではないんです。あなたに守っていただく必要はありません。……あなたは、あなた自身をお守りなさい」

ああ、明日、すべてが終わったら……この部署に戻りたい。

蓮珠は机の下で身体を丸めながら、流れ落ちそうになる涙を必死に堪えていた。

芳花宮に戻った蓮珠は、夜遅い来訪者の応対に出ていた。

芳花宮でも最上級の応接間に入ると、司馬衛たちの横を抜け、部屋の中央に置かれた椅子に腰掛ける。

「我々の力及ばず、陶蓮様を立后すること叶いませんでした……」

その無念そうな表情や声も、裏を知っていると滑稽に思えてくる。

司馬衛たちが跪礼するのを冷めた目で眺め、蓮珠は、決めていた言葉を口にする。

「良いのです。……わたしはわたしにできることをすると決めました」

蓮珠は決意を宿した目で、司馬衛らを見下ろした。


そう、わたしはわたしにできることをする。もう欲張ったりしない。

蓮珠は司馬衛らの去った部屋で一人、露台に続く扉を開けたまま夜闇を眺めていた。満月には遠い、細く貧弱な月明かりの下では、庭木々は黒い塊でしかない。

その黒一色の視界に、白虎の白い毛並みが現われる。その後ろで無言のまま佇む闇に、蓮珠は声を掛けた。

「……もしもの時は、わたしと一緒に死んでくださいます？」

祈るように見つめていると、微笑みを浮かべた翔央が、闇から姿を現した。

「無論。その覚悟はとうにできている」

力強いその声が、蓮珠の心に勇気をくれる。

五歩離れた位置で向き合い、見つめ合い、そして、確認し合っている。

「では、……わたしたちだからできることをいたしましょう」

それだけで、蓮珠の考えは翔央に伝わる。

「ああ、もちろんだ。我が妃よ」

国中を騙すことになるこの時間だけが、見えない壁を取り払い、自分たちを等しい関係にするのだ。

第七章　散花

朝陽が栄秋の街を光で染め上げる。宮城の一角にある西王母廟で、蓮珠は皇后の宣下を読み上げる礼部官吏の声に耳を傾けていた。傍らには、大裘冕《だいきゅうべん》をまとった皇帝の姿がある。

予定より少々時間がかかっているのは、祭壇の前で宣下の書状を読み上げる礼部官吏の前置きが多少長かったせいである。これは仕方ない。なぜなら今読み上げている礼部官吏の手にある書状は白紙だからだ。

こちらの動きを悟られるわけにいかないので、書状を写すことはできなかった。ここでも役だったのが黎令だ。先例を含めて立后式のすべてが頭に入っていると豪語するだけのことはある。

記憶を引き出すのに少しだけ言葉を多く口にする必要はあったが、今この場で淀みなく皇后の宣下を暗唱する姿は堂々たるもので、本来この場所で皇后の宣下を行なうはずだった高齢の礼部官吏と比べても遜色ない。

「……そろそろ頃合いだ、来るぞ」

蓮珠は傍らからの声に緊張する。わずかに遅れて西王母像の祭壇の裏から廟内へと人がなだれ込んできた。その数、三十名近い。

「二人消すのに、その数とは……嫌われたものだな、皇帝というのは」

軽い悪態を口にした皇帝姿の翔央が叫ぶ。

「黎令、合図だ！」

言われた黎令が身を翻し、祭壇の飾りの一つである銅鑼を打ち鳴らす。

怯んだのは相手側だった。

「な、なんだ！」

浮き足だったところに、廟の外から扉が開いた。そこには李洸が立っている。彼は声を張り上げることなく手だけで突入の合図をした。それに呼応して皇城司が廟内に駆け込んでくる。こちらは十名ほどだった。

「主上より一人も逃すなとのお言葉を賜った！　何者も外に出すな！」

翔央は冕冠《べんかん》をとると、蓮珠の手に放った。とんでもないものを無造作に放られて、蓮珠はおたおたする。ただでさえ威妃の格好をしているので普段より動きにくい。そんな時に、落ちると大問題なものを投げないでほしい。

「蓮珠、黎令とともに李洸のところまで下がれ」

「翔央様、そのお姿で捕らえる側に回るのですか？」

「もちろんだ。この程度の重さ、なんの苦にもならん。儀礼中にじっとしていた分、暴れさせてもらうぞ」

皇城司とともに入ってきた秋徳が、翔央に棍杖を投げた。それを翔央が受け止めたところで、廟の扉とは別方向から声が降ってきた。

「何とも心許ないことだ、助太刀させていただこう」

廟の梁からトンッという軽やかな着地でハルが降りてきた。例によって全身黒ずくめの怪しい姿で、双方一瞬「この男はどちらに助太刀するのか？」という顔になる。

「助かる、ハル殿は一騎当千の武人だからな。……ただし、廟侵入については、後で色々と聴かせてもらうぞ」

翔央はあっさりと状況を受け入れ、混戦の中に駆けていく。

「……ハルさん？　どうしてここに？」

蓮珠が驚きのあまり叫ぶと、彼はニッコリと笑って『上から入ってきた』と侵入経路について威国語で口にしながら、蓮珠に自分が降りてきた廟の梁を指差す。

「ワタクシがいるからよ！」

声と一緒に威公主が降ってきた。

「なんで、こっちにいるんですか？　向こうの立后式に行ったんじゃ……」

威公主がこの状況で楽しそうに笑う。

「むこうはとっくに終わったわ。そうなれば、こっちでしょう？　存分に戦えるんだもの！」

言いながら威公主は軽やかに飛び上がると、そのままの勢いで目の前の男に回し蹴りを喰らわせた。さらに着地の姿勢から槍を構え、立ち上がる勢いでなぎ払う。

一方、ハルの獲物は大剣で、その重さに任せて縦横無尽に振り回している。

さすがだ。わずかな間に三十人近かった敵がすでに半分以下となっている。

蓮珠は首を振って、自分にできることに集中した。

「李洸様、主上は？」

「無事、西王母像の前で皇后の宣下を終えて、栄秋の街への行啓に向かわれました」

よかった。蓮珠は胸をなで下ろす。それを見ていた黎令が呆れた顔で蓮珠を見た。

「とんでもないことを考えるよな。……立后式総則には、たしかに『皇后の宣下は西王母像の前にて行なう』としか書かれていない。細則にも西王母廟との指定はなかった。だからって、星辰殿《せいしんでん》の西王母像の前でなんて、よく思いつく」

星辰殿は、皇帝・皇后による日常的な儀礼を行なうためにある。蓮珠は身代わり中に、とある小規模な儀礼のために、威妃として星辰殿に入ったことがある。その際に星辰殿内部に西王母像が置かれていたのを覚えていた。廟の像に比べれば十分の一ほどの大きさだが、西王母像であることには変わらない。

主上と威妃には、そちらで滞りなく立后式の儀礼を進めていただいた。高齢の礼部官吏を支えて先導する役は、部署の上級官吏三人が不在のため魏嗣が務めた。突然の李洸から下された指示にも、彼だから対応できたことでもある

「……にしても、本物の妃嬪のような艶のある格好もできるんだな、お前でも。先日の、格好だけ妃嬪で中身は官吏のままの様子とは大違いだ。まあ、それでも皇帝警護官の冬来殿のほうが美しい……いや、彼女はもはや天女のようだがな」

しみじみと言うこの男の幞頭《ぼくとう》をはたき落としてもいいだろうか。どうして、こう黎令はこちらの頬が引きつるようなことしか言わないのだろうか。

だいたい、女性らしい格好ができるもなにも、相国の官服は男女同型だ。宮城内でしか会わない官吏同士でどんな格好をしてこいというのだろうか。自分で官吏に『お綺麗』はいらないと言ったくせに。

無言になるよりない蓮珠の横で、李洸が首を振った。

「黎令殿、悪いことは言いません。皇帝警護官は……特に冬来様はやめておいたほうがいいですよ」

「わかっておりますよ、李洸様。皇帝警護官は皇帝の傍らに立つ女性ですからね。そういうことだから、僕は陶蓮の女装で我慢するとしよう」

本物の女だっていうのに女装もなにもあったもんじゃない。色気がないと言われようとも最初から女だ。

「黎令殿、自分も悪いことは言いません。蓮珠様もやめ……」

秋徳が言い掛けて止める。

背後からまだ身代わりの感覚が解けていないのか、翔央が低い声で言った。

「我慢を知っているのは、けっこうなことだな。そのまま我慢して過ごすといい」

黎令が飛び上がる。振り返って納得する。

「派手にやりましたね」

整えた髪は乱れ、頬のあたりには血がついている。黒い大裘《だいきゅう》は目立たないが袖元や襟元のあたりは飛び散った血がついていた。

「三分の二以上はハル殿だ。一応、生かしてもらってる。李洸、聞くべきこと、聞き出しておいてくれ」

終わった。蓮珠が安堵したところで、李洸の部下が走り寄ってきた。

「申し上げます！　主戦派捕縛に向かった者から司馬衛逃亡の報告がまいりました！」

蓮珠は翔央、李洸と視線を交わした。

「そういうことならワタクシたちは、高みの見物とさせてもらうわ。白姉様が文官に害されることは、万が一にもないでしょうから」

威公主もその傍らに立つハルも、司馬衛探索には手を貸すつもりはなさそうだ。

「そうそう、陶蓮。約束忘れていないわよね？」

威公主が挑戦的な視線で蓮珠を見て言った。

「街の様子を見て回るわ。それで白姉様の立后が歓迎されていないようなら……威国へ連れて帰らせてもらうわ」

相国が威妃の立后を歓迎しているのか見定めさせてもらう。その期限は、立后式当日。つまり、今日ということになる。

「お手並み拝見ね。この見物人で溢れかえる栄秋で、いったいどうやって人一人を探し出すのか」

そこで言葉を止めた威公主は、その年齢よりずっと大人びた笑みを浮かべた。

「威公主様……」

「さあ、陶蓮。お前の立后式は、まだこれからよ」

威公主は極上の笑みで言い置くと、ハルを伴って去って行った。

蓮珠は改めて翔央、李洸と視線を交わす。

「……わたしの立后式は、まだこれからだそうです。栄秋の街へ出ましょう」

そう言った蓮珠の手にある冕冠を掴むと、翔央は蓮珠に詰寄った。

「訂正しろ。お前だけじゃない、相国民全員の立后式だ」

言われて、ああ……と気づく。「わたしだけの仕事」なんてものは、本当はどこにもないのだと。

第八章　花笑

蓮珠たちは、司馬衛を捜して栄秋の大通りに出た。

このことは事前に、張折と李洸、そして叡明の同意も得て決めていたことだ。

もし、立后式中、主戦派の捕縛に向かった者から逃亡の知らせを聞いたら、探すのは大通りとする。彼らはきっと自分たちがしたことの結果を見るため、行列の見物人の中に紛れ込んでいるだろうから、と。

行部の面々は、大通りに等間隔で配置されている。この範囲内で見つけたなら、知らせる方法は『花を撒くこと』だった。

蓮珠が頼み、行部の面々は昨日から今朝にかけて、行列への献花に使われる花とは違う種類の花を、それぞれが宮城内の庭で調達してくれた。そして今は花を袋に入れて携えたまま、沿道の見物人を整理する官吏としての役割を果たしている。

幸いにして、行部の全員が不正云々の一件で司馬衛の顔を記憶に焼き付けている。

なお、主戦派の捜索開始を知らせるのは、足元を白いトラ猫が駆け抜けたら。

「翔央様は大通りの西側を、わたしは東側を確認します」

二手に分かれて道を行く。蓮珠たちの緊迫感とはほど遠い、祭を楽しむ人々とすれ違う。

このまま、なにごともなければ、きっと見物に栄秋を訪れたすべての人の心に「いい立后式だった」という思いが胸に残るはずだ。

その記憶は、きっと皇后の好印象を呼び込む。

「なにもないことを……」

祈るのは簡単だ。言葉を並べそれらしい格好をすればいい。でも、本気の祈りは簡単ではない。こうやって、自らも行動することになる。だって、祈りが叶うのを待ってなどいられないから。

「司馬衛様もきっとそうだったんでしょうね」

走る蓮珠は、息が上がっていく苦しさの中でそう呟いた。

色々と理解できない点はある。けれど、今の蓮珠は行列を見に行った司馬衛の気持ちは何となくわかる。

皇帝・皇后暗殺成功。その報告がくるのを待っているだけというのは、耐えられなかったのだろう。

祝賀の行列、儀仗兵に囲まれた一団の中に玉輅《ぎょくろ》（皇帝の御車）や花轎《かきょう》が見えたなら、それは計画失敗を意味し、それは同時に司馬衛自身の終わりでもある。

司馬衛はどこで行列を見ているだろうか。

蓮珠がそんなことを考えながら前方を見たとき、遠目に舞う白い花弁を見た。

「あれは！」

司馬衛がいたのだ、蓮珠は必死に走った。花弁を撒いた者は沿道のどちら側で見たのだろう。東側か、あるいは西側か。

かつて、こんな風に必死に栄秋の街を走っていたことがある。幼い日に人攫いから逃げるために必死に走っていた。今、司馬衛も走っているのだろうか、あの時の蓮珠のように、追っ手から逃れるために。

「だとしたら……、もう大通りにはいないのでは？」

蓮珠は花が撒かれていたところまで来てみると、そこに居たのは佩玉持ちの中級官吏だった。

「陶蓮様、ようやくいらしたか。司馬衛様は沿道の向こう側に見えた。見物人の列の奥へ入っていくのが見えましたぞ」

行列が過ぎ、このあたりはすでに沿道の左右に人が分かれているわけではなくなっていた。蓮珠は大通りを西側に渡り、そのまま路地裏へと入る。

大通りの喧噪から一転、街の裏側は人気もなく、薄暗い。

路地裏に入ったとして、どこへ向かう？　なにを望む？　逃げ切ることか？

いや、逃げるなら大通りを西でなく、街の大門がある南を目指すべきだったはずでは……？

「もしかして、自らの手で……！」

行列は、大門の手前まで行って西に折れる。街の西城壁が見えるところまで、今度は北に向かう宮城へと戻る。大通りを西に行けば、北へと向かう一団にもう一度遭遇するはずだ。

蓮珠は頭の中の栄秋地図を必死に思い出す。下級官吏として工部にいたとき、栄秋の街を流れるいくつかの運河を改修した。同時に運河と運河周辺の街の地図を作ったのだ。断片的ではあるが、だいたいの道の繋がりを覚えている。

「蓮珠！」

後ろから翔央の声がした。振り返るまでもなく、彼の歩幅はあっという間に蓮珠と並ぶ。

「どうして路地裏にいる？」

「行部の者が、司馬衛様が人混みの奥へと消えていくのを見たと……」

走りながら話をするのは、正直ツラい。

「こ、このみ……ちは……もう一度、行列とぶつかります！」

「それは……。悪い蓮珠、先に行く！」

蓮珠の言う意味を悟った翔央が一気に加速して遠ざかる。

悔しい。翔央の直接の役に立てない。でも、可能性の提示はできた。

あとは、皇帝と皇后の無事を祈るよりない。そして、一団の無事を確かめるため、どれほど足が遅くても走るしかない。

皇帝・皇后の祝賀の行列を無事に宮城へ戻すことは蓮珠の仕事だが、蓮珠だけの仕事ではない。一つの国家行事は、大小様々な案件と、それに関わる人々にとって成り立っている。行部での決裁処理の数は、そのまま行事に関わる人々が多いことの証だ。自分一人の仕事ではない。みんながこの行事の成功のために動いてきた。

「それだけで、充分歓迎の意を示していませんか……？」

どこかで行列を、そして行列を見物する人々を見ているだろう威公主に問い掛ける。

路地裏ももうすぐ終わるその時、蓮珠は沿道で花を撒く魏嗣の姿を見た。

「いる……どこに？」

蓮珠は大通りに駆け出し首を大きく左右に振った。南の方から歓声が上がっている。行列は近い。先に見つけなければ。

通りの向こうの魏嗣が蓮珠に気づき、何かを叫んでいる。

行列に対する歓声が次第に大きくなり、何を言っているのか聞こえない。

「え？　なに？」

問い掛ける蓮珠に、もう行列がくるというのに魏嗣が道を渡ってこようと足を踏み出した。

皇帝・皇后の行列の前を横切るなどあり得ない。そこまでして、いったい彼は何を訴えようとしているのだ？

答えを探して視線をめぐらした蓮珠の視界の端に、紫の官服が入る。

それ以上、後ろを向くことはできなかった。

「おまえが……おまえがすべて台無しにしたんだ……」

何度も聞いた、低く響く声。蓮珠はとっさに行列への進行を阻止するように両手を拡げた。我が身一つで抑えねばならない。人々の意識は行列に集中している。だれも、蓮珠とその背後に立った男との間に走る緊張に気づいていない。

震える身体で前を見る。道に飛び出そうとした魏嗣は、向こう側の見物客たちに引き止められたようだ。

行列が通り過ぎるまでなんとか押さえる。

一気に背後の司馬衛を振り返ったその瞬間、視界を白が覆った。花びらだった、行部の面々が撒いていたのとは桁違いの量の花びらが、蓮珠の視界どころか、辺り一面の色を一変させた。

周囲がひときわ高い歓声を上げる。

「か弱い文官殿、これはお前の領分じゃない」

耳元によく通る力強い声がした。

「俺の領分、俺の仕事だ！」

抱え込まれて、強く後ろに引かれる。舞い散る花びらの中、見慣れた棍杖が司馬衛の剣を持った手を振り払った。

「貴様も領分をわきまえるべきだったな、司馬衛！」

返す手で棍杖が司馬衛の首筋に打ちつけられる。

僅かなうめきを上げただけで、司馬衛はそのまま前に倒れた。

「よし、終わりだ。……速やかに回収しろ」

その言葉を聞き、蓮珠はようやく呼吸を取り戻した。

「怪我はないな、蓮珠？」

「は、はい……、あっ、あの行列は？」

「進んでいる。もうすぐ叡明を乗せた玉輅が……って、あの馬鹿！」

弟に馬鹿呼ばわりされた今上帝は玉輅を降り、さらに花轎から皇后を降ろすと、花びら舞う栄秋西大路で幾度か身体の向きを変える。そして、違う方角の見物人たちに顔を見せてから、再び玉輅へと戻っていった。

あたりは『皇帝陛下万歳！　皇后陛下万歳！』の歓声が繰り返され、それは行列が完全に見えなくなるまで続いた。

「派手にやりやがって……明日から街を歩きにくくなるだろうが」

翔央が悪態をつくと、近くでクスクスと笑う声がした。

「本当に派手にやってくれたわね。……これじゃあ白姉様を連れて帰れないわ」

ハルを連れた威公主だった。少し残念そうな顔をしているが、同時に嬉しそうでもある。同様にハルも少しだけ口元をほころばせていた。

「威国内の同盟再考派は、俺が抑えるとしよう」

「それ以前に、今度は公式にご訪問いただけますか、黒太子殿《こくたいし》」

翔央がハルを『黒太子』と呼ぶのを聞いて、蓮珠は再び呼吸が止まりそうになった。

「国内が落ち着いてから改めてと約束しよう。しばらくは妹を通じてやりとりさせてもらうことになるが」

ハルの口から威公主に対して『妹』という言葉が出てくるに至って、蓮珠は完全に呼吸が止まった。

「おい、蓮珠？　どうした、やっぱりどこか怪我を？」

妹が兄を『ワタクシの男』と言ったり、兄が妹の下僕を宣言する威国の皇族。好きな小説についてさんざん語り合い、少しは距離が近づいた気がしたけど、やっぱり雲の上の方々の思考には、ついていけそうにない。

終章

立后式関連の祭事は無事終了し、世間の注目は、御史台の長の処遇に集まった。

処遇の内容に関しては、威妃の入宮式の際に起きた元鶯鳴宮《おうめい》の英芳《えいほう》、呉家の呉然のように、司馬衛も処刑は免れるのではないか……という意見が大半を占めていた。

だが、裁定は死刑。前者が問われた罪は皇帝と威妃に関するものだけだったが、司馬衛はそもそも御史台の長の立場を利用して、己の欲のために多くの罪なき官吏を陥れていたことに関しても罪を問われたからだ。

なお、この罪を明らかにした功労者は黎令だった。彼は姉の夫が御史台から掛けられた不正の疑いにより命を絶ったことをずっと冤罪と信じて、足繁く御史台に通いながら証拠を集めていたのだそうだ。

今、黎令は御史台に出向いている。御史台の長であった司馬衛が自分の都合良いように処理していた案件を正すために、彼の頭の中にある「司馬衛によって歪められていない先例」との照らし合わせを行なっているのだ。

これにより冤罪によって官職を失った多くの者たちの名誉回復がなされるはずだ。その中には、黎令の義兄の名も刻まれることだろう。

また、司馬衛の処罰と時を同じくして彼が属する派閥を中心とする主戦派の大部分が朝廷から取り除かれた。だが、すべてではなかった。それでも、叡明・李洸による内政改革はさらに加速し、官庁の統廃合で官吏たちはかなり慌ただしい日々を過ごすることとなった。

吹く風が秋風らしくなってきた。皇城の庭にも夏の名残の草花は見当たらず、秋の草花が色と香りを競っている。桂花の小さな花がどこからか風に飛ばされて、栄秋の空を舞っていた。

だが、栄秋の街は秋の涼しさとは無縁の熱気に包まれていた。

「そろそろくるぞ。お前ら、準備はいいか！」

下町の顔役である鄭《てい》じいさんの声が辺りに響く。

「おおっ！」

蓮珠も周りと声を合わせて片手を振り上げる。傍らを見上げれば、翔央も同じように片手を高く振り上げていた。

今日は豊穣を祝う祭事に伴い、皇帝が皇后と栄秋の街を行啓する日だった。

季節の節目ごとに行なわれるものではあるが、今回は立后式後初の行啓となるため、宮城の南門から栄秋の大門へと向かう大通りは、どこも見物人でごったがえしている。

皇帝の行啓で下町のほうまで来るのは珍しく、みんな歓迎を示すため気合を入れていた。

「派手にきめるのが下町の真骨頂だ。みんな、見えてきたぞ！　いけー！」

突撃命令のような声を合図に、やってきた皇帝・皇后の一団に花びらを振りかける。

菊花の季節、様々な色の花弁が風に舞って儀仗兵や花輴に降り注ぐ。

過ぎていく一団に手元の花びらをとっては振りかけを繰り返していたら、半歩後ろに下がっていた翔央がぼそっと言った。

「……なあ、一旦帰国する威公主を見送ったんだろう？　その……どんな話をしたんだ？」

振り向けば、少し不安そうな顔をしていた。

「どうしたんです？」

「我が主は、蓮珠様が威国に行ってしまわれるのではないかと、心配でたまらないんですよ！」

「秋徳！　お前は向こうのほうで撒いてろ！」

花撒き要員として連れて来られたというのに、この扱いである。だが、当の本人は「はいはーい」と歌うように言うと、花弁を手に一団の流れを追って走っていく。

舞い散る花びらの中に秋徳が見えなくなると、翔央はまた不安そうな顔になる。

「蓮珠、何か言ってくれ……。答えないと余計に考えてしまうだろうが」

「へ？　……あ、それ以前に、どうしてそんな発想に？」

「威公主はことのほかお前を気に入っていた。お前を連れていってしまうんじゃないかと思ってだな……」

蓮珠は眉を寄せた。

「小官は、ようやく相国行部の官吏業務に復帰したばかりなんですが？」

「そうだな。……女官になったり、妃嬪になったり、皇后の宣下受けてみたり……なんか色々なお前を見たけど、やっぱり官服を着ているのが、一番しっくりくるな」

「そりゃあ、そうです。わたしは相国行部官吏ですからね！」

空を舞う花びらを受け止めるように胸を張って蓮珠は言い切った。

「……ということで、威国に行ったりなんてしませんよ」

蓮珠が微笑むと、翔央は安堵の表情を浮かべてから、思案顔になる。

「では、威公主とは、結局どんな話を?」

蓮珠はただニコーッと微笑んだ。

「おい、こら……」

少し焦る翔央に、蓮珠は首を振った。

「そこは内緒ですよ。女同士の秘密ですから」

蓮珠は威公主を見送ったとき、彼女と一つの約束を交わした。

『次に会う時は、キッチリ覚悟して、ちゃんと始まってなさいよ』

あの時のやりとりは、今はまだ身の内に秘めておきたい。誰かに言われたからではなく、自ら覚悟を決めて、翔央と向き合いたいから。

「つまらんな」

黙ってしまった蓮珠をしばらく見つめていた翔央が、拗ねたような顔をする。その表情に、蓮珠はふと思いついて提案する。

「じゃあ、翔央様もわたしと秘密、作りましょう!」

蓮珠は翔央の袖を引いた。

「お、おい、どこに行くんだ?」

「最後の花撒き場所は、西南地区にかかっている虹橋なんです。行部のみんなもそれぞれの仕事を終えて集まってくるのですよ」

「それのどこが秘密なんだ?」

翔央が疑問に眉を寄せる。

「近道があるんです。路地裏を抜けていく。今日は栄秋中の人たちが大通りに集中しているから、きっと誰もいないですよ」

「だから、それのどのへんがひ……み……」

路地裏に入ったところで、翔央が片眉を上げた。

蓮珠は、翔央の大きな手を、自分の小さな手で包みこむ。

「今日は、官服と武官装束で手を繋いで歩いても、誰も見ていません。これは、二人だけの秘密です」

その翔央の顔を覗き込むようにして蓮珠は笑みを浮かべる。

「路地裏は入り組んでいて迷子になってしまうかもしれないから。手、繋いでいてくれますか？」

翔央の表情がわかりやすいくらいにパッと明るくなる。

「……喜んでか弱い文官殿をお守りしよう。そうだな路地裏は入り組んでいる。迷わぬようにゆっくり慎重に歩かなくてはいけないな」

「あ、そこは花撒きに間に合うようにお願いします」

今度は翔央の表情がわかりやすく曇る。

「お前、こういう時に一刀両断かよ？　本当に三ない女官吏だな……」

だって、花撒きは仕事だ。行部のみんなで手分けして、集まって、最後はそろって撒くのだ。それぞれが自分で考えた花をそれぞれの場所で撒いた。最後はそれらが全部集まってくる。きっと綺麗だ。

「……綺麗だな」

「え？」

心を読まれた？　そう思えば、翔央は蓮珠を見つめ、微笑んだ。

「蓮珠の今の横顔。……仕事を終えるときの達成感を噛みしめてる顔だ。誇らしげで、嬉しそうに笑う。すごく綺麗だ」

翔央の言葉と笑みが、胸の奥の奥にすとんと収まって、そこから花が咲きほころぶ。

身体の中が花に埋め尽くされて、そのまま風に舞い上がってしまいそうだ。

「……離さないで。飛ばされちゃう……」

思わず心の内をそのまま呟いた蓮珠に応えるように、翔央が蓮珠を抱き締めた。

「たしかに。お前はすぐにとんでもないところにすっ飛んでいってしまうからな」

耳元にささやきかける声に泣きそうになる。

風に流されて、ここまで来てしまった……違う、そうではない。ここは自分で選んでたどり着いた場所だ。だから、離してほしくないし、自分から離したくもない。

「蓮珠、お前……。泣いてるのか？　笑っているのか？」

翔央の指先が蓮珠の目元にそっと触れる。

「この先、わたしが妃嬪の格好でも官吏の格好でもない姿で翔央様の前に立っても……わたしを抱き締めてくれますか？」

なにもない陶蓮珠でも、こんな風にその腕の中に包みこんでくれるのだろうか。

蓮珠は顔を上げた。誰もいない路地裏にも風に乗って花弁が舞っている。自分まで祝福されているかのようだ。

「……俺は、どんな蓮珠でもいい。抱き締めて……離すものか」

約束を刻み込むように、翔央の唇が蓮珠の額に触れる。新しい花が、また胸の奥で一輪咲いた。


秋深まる栄秋の街は豊穣を祝う祭事と併せて、皇后のお披露目行列が出るとあって、街の人々は大いに盛り上がっていた。

沿道には屋台が並び、遠方から来たらしい商人が露店を出している。

人々の陽気な声が飛び交う国都の大通りを皇帝の玉輅に続き、皇后を乗せた花轎が進んでいく。

「空の花轎での行列だってのに……なにがそんなに楽しいのかね」

玉輅の中からクスクスと笑う声がする。

「本当にこんな国滅びてしまえばいいのに……」

「それでは困ります」

叡明の不謹慎な発言を、天女のように美しい顔をしかめて女性がたしなめる。それは、本来ならば今まさに花轎に乗っているはずの威妃であった。しかも、その小柄な体躯は皇后のための華やかな衣装ではなく、警護官規定の白い錦に包まれている。

「この国が滅びては、叡明様との誓約を果たすことができません」

威妃の声には、強い意志が込められていた。蓮珠に身代わり妃としての顔があるように、威妃にももうひとつの顔がある。それは、皇帝警護官・冬来としての顔だ。

冬来には叡明との間に一つの誓約がある。叡明が目的を果たすまで、彼を守り支える。それを邪魔する者は、誰であろうと容赦しないと誓った。

「そうだね、冬来。後ろに空の花轎がいるせいかな……昔を思い出して、少しばかり感傷的な気分になったみたいだ。悪かったよ」

「いいえ。叡明様が悪いことなんてありません。わたくしの身が二つに裂けぬばかりに、警護か随従かの二つに一つになってしまい、申し訳ございません」

「裂けたほうが困るからいいよ。……冬来の発想っていいよね。僕は常に発見がある。やっぱり一緒に居るなら冬来がいい。皇后になってもよろしくね」

「いいえ……。こちらこそよろしくお願いします」

叡明に悪いところなんて、あるわけがない。彼は常に正しい。

冬来は同母から生まれた二人目の公主だった。威国でも北西の端にあった冬来の故郷で、本来の名は土地の言葉で『要らないもの』を意味するものだ。首長候補となる皇子を宿す時間を奪った悪しき存在として幾度も母からののしられた。威国の公主は成人までの時間を生母の部族で過ごすことになっている。ずっと疎まれるだけの存在だった。だから、馬に乗れるようになるとすぐに戦場へ出たのだ。そこからは常に戦場にいられるように、故郷に帰されずにすむように、そんなことを思って、ひたすら武人としての腕を磨き続けた。

そんな自分に叡明は「誰もいらないなら僕がもらってもいい？」と言ってくれた。その上、冬来という新たな名前までも与えてくれたのだ。だから、自分が従うべき人は、この人だけでいい。威国の公主であった過去など、とうに捨てた。

相のために、……いや、叡明のためだけに生きる。そう誓った。

「……もし……それを叡明様が望むのであれば、わたくしはそれに従います」

冬来は覚悟を示すように馬上で姿勢を正し、前方を見据えた。

見物人の中に翔央と蓮珠の姿があった。二人は行部の者たちと花を撒いているようだ。視界の隅にそれをチラッと見ただけで、冬来は再び馬上で真っ直ぐに前を向いた。

玉輅の中から問う声がした。

「冬来はどう見る?」

冬来は連れそって歩く翔央と蓮珠を眺める。二人は寄り添っていた。以前より距離が近くなったようだ。それでも、叡明の質問の意図に従って答えるのであれば……。

「心正しき臣かと」

冬来は前を向いたまま応じた。「なにを」かは問うまでもない。二人の姿を見た。その直後の問いだ。冬来にはそれで充分だった。同様に、冬来の短い答えは叡明にとっては充分過ぎるものである。

「……臣ではダメなんだよ。臣は最終的に上に立つ者たり得ない。それでは、先々翔央の足枷でしかない」

「叡明様がそう仰るのであれば、そのとおりかと」

叡明は頭がいい。彼は先々を計算し、結果はたいていそのとおりになる。だから、彼がダメだというなら、陶蓮珠では本当にダメなのだろう。

「翔央に必要なのは来たるべき時に後ろ盾となる者だ。今回の件で痛感したよ。派閥の力はこの国において絶大だ。うまく使わないと」

叡明には目的がある。翔央にはそのために動いてもらわなくては困る。

「排除なさいますか?」

冬来が確認すると、少し間を空けて返事があった。

「……まだいいよ。あの官吏は、よく働いてくれている。……それに何度か助けてきた命だ。自らの手で断ち切るのも夢見が良くないな」

たしかに官吏としての蓮珠は有能だし、身代わり皇妃としても優秀だ。今回など官吏ではない形でも、ずいぶんと叡明のために働いてくれた。最後には解決策として、自ら身代わりを提案した件も面白かった。官吏だが上からの言葉に従うだけでなく、自分の考えというものが彼女にはあるようだ。

彼女が相国民で良かった。威国であれば、とっくに潰されている。強力な軍隊を抱える威では、相の官吏に相当する存在も兵士の一部だ。兵の統率には上官命令の絶対遵守は基本中の基本で、上に意見することなど許されないのだから。

「いずれは陶蓮を退かす。その時がきたら冬来にも動いてもらうよ」

「はい。叡明様との誓約に従います」

冬来は馬上で真っ直ぐ前を向いたまま、そう答えた。

幕間　恋の作法、愛の表現

立后式にわいた栄秋の熱気も、ようやく落ち着いたある秋の日の午後である。

「甘味が足りない。街へ出てくる」

急にそう言って執務室の椅子を立った主《あるじ》に従い、冬来《とうらい》も栄秋の街へと出るべく剣を携え、立ち上がった。

「行ってらっしゃいませ。お気をつけて」

跪礼して見送る李洸《りこう》がそう口にする。これに対して、叡明《えいめい》は少し疲労を滲ませた声で返した。

「冬来がいるんだ、僕が気をつける必要はないよ」

冬来は、見送る李洸に「あとはよろしくお願いします」と頭を下げるのを忘れない。帰るのは、夜遅くなるだろうという予感からのことだった。叡明は、公務に集中する時間も長いが、一方でそこから解放される時間も、それなりに必要だからだ。

街歩きの時、叡明は学者の格好をしている。今日の彼は、薄灰色の衣に墨色の線が入った深衣に黒色の巾を被っていた。気難しい顔で街行く人々を眺めながら歩く姿は、たしかに学者然とした雰囲気がある。

冬来も街歩き用の格好にしていた。小柄な身体に月白の短褐をまとった姿は少年従者にみえるらしく、沿道の店の主が冬来に声をかけてきては、「偉いねえ、ご褒美だよ」とちょっとした菓子や果実を差し出してくる。

「なぜ叡明様でなく、わたくしに渡すのでしょうか？」

「きっと、僕との身長差のせいで、冬来が意図している以上に幼い従者に見えているんじゃないかな」

叡明に説明されても、いまいち冬来にはわからない。威は相よりもはるかに上下関係に厳しい。主人を差し置いて、従者が何かを受け取ることは許されないからだ。

「あと、相は子どもが少ないから、どうしても大事にしたくなる」

「子どもが少ないのですか？」

「長く戦争が続いていたからね。どうしても子を産み育てるような状況になかった」

叡明は活気ある大通りを眺めて小さく呟く。

「この国の人々は、ようやく日々の暮らしのなかで笑えるようになったんだよ」

叡明につられて冬来は街の人々を見る。

「威の者は、いまだ笑うことと無縁です。常に国内が騒がしい国なので」

官僚社会の相国では、国内の争いと言えば主に政治の場や商業の場で発生する。だが、戦闘騎馬民族と呼ばれる威国の人々にとって国内の争いといえば、部族間の武力衝突である。

「威国と言えば……、この時間は遠方からの来訪者が多いせいかな？　威の商人の姿が目立つね」

日が傾き始める時間あたりから、栄秋の街は人通りが増す。朝に別の街を出た人々がようやく栄秋にたどり着くのが、このくらいの時間だからだ。

その人の流れに視線をやり、叡明がボソッと言った。冬来もまた、人の流れの中に元同国民の姿を確認する。

「冬支度の買い付けでしょう。威の冬は食糧不足が深刻ですから」

「去年に比べると、相全体に多少の余裕が出てきた。威の首長相手に恩の売り込みでもしてみようかな」

言いながら歩くも叡明の目は沿道に並ぶ店のほうへと移っていた。

この季節の栄秋の街には、近郊の港町から運ばれてきた初物の蟹、石榴、梨、葡萄、栗に胡桃と果実や木の実が店屋に並び、他には山から運ばれてきた兎肉や鴨肉が置かれている。

「冬来はなにを食べたい……って、それだけあれば、買う必要ないか」

と、冬来がその細腕に抱えるたくさんの食べ物を見て、叡明が苦笑いを浮かべた。

あたりはちょうど栄秋がまだ州城の街だった時代の城壁を越えて、都城となってからの城壁がある側へと移る細い道に入ったところだった。

飲食店街は、少し途絶えてきた。自分一人が果物や木の実を抱えているのは、やはり良くないと思った冬来は、叡明を見上げて言った。

「叡明様もお召し上がりになりますか？」

口に入れていた石榴の実を咀嚼してから、そう問い掛ける。

「甘い？」

甘味を求めて城を出て来た主に、冬来は自信を持って答えた。

「はい、甘酸っぱいです」

おいしさを証明しようと、冬来が新たに実を口にしたところに、叡明が長身の身体をぐっと屈める。

「じゃあ、僕にも少し……」

冬来が口に入れたばかりの石榴の粒が叡明の唇に奪われる。

「叡明様！」

人目がある場所でなんてことをするのだと咎めても、叡明は楽しげに笑いながら先を進むばかりだ。

「冬来の油断や隙なんて、こんな時じゃなきゃ狙えない。僕は楽しいよ」

威の者は、内と外の意識が強く、屋外で男女がこうした接触をするのを好まない。そのため、冬来は屋外でそんなことをされるということ自体が頭になくて、時たまそこを叡明にからかわれる。

「油断や隙などないほうがよいのです、……っと！」

叡明を追う冬来は、目線の先に迫る人影を見て、とっさに身体が動いた。

「叡明様！」

その腕を壁方向に引いて、身を低くさせると、庇うように身体を覆い、城壁に手を着く。道を走ってくる男が勢いを緩めず、冬来の背後を駆け抜けていった。

「大丈夫ですか？」

「もちろんだ。……それより、今のは？」

叡明の問いになにか答える前に、男が来た方向から「泥棒だ！」と言う声がした。

冬来と叡明の目が合う。それはほんの一瞬。

「冬来、捕まえろ。この国を荒らす者を、僕は許さない」

叡明が命じたときには、冬来はすでに男を追って走り出していた。

「御意」

遅れて口にした言葉は、叡明の信頼に応えるべく全力を尽くす誓いだった。

追跡から程なくして泥棒を捕まえることができた。

「ありがとうな。助かったよ」

取り押さえたところに駆けつけてきた果物屋の男が大きな声で礼を言いながら、握手した両手を大きく上下に振る。

「捕まえられて良かったです」

冬来が微笑むと、店主は気づいたようにため息をつく。

「……って、おまえさん、ずいぶんと綺麗な顔をした男の子だな」

「……武人の強さに美醜は関係ありません」

冬来はそれだけ言って拱手すると、叡明の元へ戻るために踵《きびす》を返した。

強さに美醜は関係ない。冬来は剣を手にしたときから常にそれを思ってきた。威の者にとって強さは重要だ。もっと言うなら強さこそがすべてだ。だから、冬来も強さを磨いてきた。それだけが自分を生かす道だったから。

威国の首長の元には、支配下にある全部族から妃が入る。次期首長候補となる男子を産むまでは、首長に侍るのが決まりである。逆に言えば、男子を産むまで、首長の元を離れることができない。被支配部族から妃になり、首長をどれだけ嫌悪していても、だった。

冬来の母は、自分の部族から首長を出すという部族の期待を背負って、威の宮城へと送り込まれた。二十近い部族から入宮した妃がひしめく宮城にあって、国内でも辺境の部族出身だった冬来の母は疲弊し、徐々に心身を病んでいった。

その母の二人目の子が冬来だった。母はまたも公主だったことを嘆き悲しみ、冬来が皇子でなかったことを、冬来本人に罵りぶつけた。

本来、公主は母妃の出身部族で成人するまで育てられることになっていたが、冬来は『不要なもの』を意味する名をつけられ、放り出された。

生まれたこと自体を否定された冬来は、宮城で暮らしていた首長の出身部族の妃に預けられ、育つことになる。

公主であって、公主ではない存在となった冬来に、首長の正妃である育ての母は戦う術を教えてくれた。

威で生き抜くのであれば、強くなくてはならないから。冬来は本来の名で呼ばれることはなく、「白公主《はくこうしゅ》（白部族出身の公主）」という名で呼ばれるようになった。

名前に部族の一字を残したが、育ての母の元に預けられた日から冬来は母妃に会うことがないまま、相へと嫁いだ。

生き抜くために強くなった。帰る場所のない冬来は、戦場に居続けるために強さを磨き続けた。強くなければならない冬来にとって、美貌はむしろ邪魔だった。

黙って俯くだけで天女を思わせると言われるその美貌は、冬来を強く見せることはなかったから。

生き抜くためにただひたすらに強く。一方で、なぜ、なんのために生き抜かねばならないのかを冬来に教えてくれる者はなかった。

冬来に生きる意味を教えてくれたのは、叡明だ。


「叡明様、戻りました」

州城時代の内壁のあたりに、長身の学者の姿はなかった。

「叡明様……？　叡明様！」

主の不在に、冬来から血の気が引く。

慌てて外の城壁の側へ出てみるも、やはり、それらしき人はいない。

叡明は南方大国華《か》から相に輿入れした母妃を持つ。華の人々は威や相の者よりも頭一つ背が高い。そのため、こんな人通りの中であっても、長身の叡明はただ存在するだけで目立つはずなのだ。

「叡明様……！」

冬来は幾度も首を巡らせる。ほかの誰かならともかく、自分が叡明を見つけられないはずがない。このあたりにいるなら、必ず見つけられる。

「わたくしは、あの方の第一の臣だ」

もっとも近くに居て、決して裏切ることのない、絶対の臣下。

その役割は、彼を守ることに他ならない。……いや、ほかの役割なんていらない。

あの方をお守りすること、それだけが、自分の存在する意味なのだから。

「叡明様！」

もう一度叫んだ。

すると、どこからか、あの特有の不機嫌声が聞こえてきた。

「冬来、僕はここだよ」

どうも声は頭上から降ってくる。

「こっちに来てくれる？」

叡明の声がするほうへと歩を進めれば、路地裏にある商家の庭木に辿り着いた。

「叡明様、こちらにいらっしゃるのですか？」

壁越しに木を見上げて問い掛けると、彼らしい急な命令が降ってくる。

「冬来、これ受け取って」

「ぎょ、御意！」

掲げた腕の中にこれと言われた仔猫が一匹落ちてきた。冬来はその腕の中にしっかりと受け止める。

「助かった、冬来。それを懐に入れていかにして木を降りるか、考え込んでいたところだった」

木を降りた叡明が、壁の縁から地上へと降りながらそう言った。

「え？　おじちゃん、木の上で震えてたんじゃないの？」

子どもが数名、笑いながら駆け寄ってくる。

「誰が震えるか。……それ以前に、『おじちゃん』はやめろ」

冬来が呆然としていると、叡明が降りてきた木を顎で示す。

「そこの木の枝から降りられない猫を降ろしてくれと、子どもたちに頼まれた」

「木に登られたのですか？　……御身になにかあったら……」

皇帝という玉体だからではない。単純に、冬来は叡明にどんな形であれ、害が及ぶことを認められないという思いがあるのだ。

「いかにこの背が高くても、さすがにあの高さは届かないので、いたしかたなくな」

叡明が一仕事を終えたとばかりにため息をつくと、子どもが手にしていた駕籠を差し出す。

「おじちゃん、ありがとうね。はい、お礼にこれあげる」

お礼の品と言われても、叡明はすぐには手を出さずに反論を展開する。

「待て、先に訂正しろ。若くはないが『おじちゃん』と呼ばれるほどの歳ではない」

これに対して、子どもは不満顔で応じる。

「え～、おじちゃんだよ、そんな格好！　……はい、お兄ちゃんにもあげる」

どうやら子どもたちにも冬来は少年従者に見えるらしい。

受け取った駕籠には、紅棗《べになつめ》（乾燥させた棗）がいっぱい入っていた。これは自然な甘みがあるし、保存が利く。しばらく執務室の机に置いておいてもいいかもしれない。

そんなことを思って冬来が叡明の顔を見上げると、彼は再び子どもたちに向かって抗議していた。

「おかしな理屈だ。冬来と僕はほとんど年差がないのに、どういう区分なんだ？」

議論を得意とする学者叡明にとって、それは譲れない争点の一つのようだ。

「ん～、学者さんだからかな、おじちゃん、なんか偉そう」

棗をくれた少年が言って笑う。

なるほど、その指摘はなかなか鋭い。実際、叡明は偉いのだ。この国で、一番偉い。

「甘いか？」

「はい。叡明様もいかがですか？」

「もらう」

身を屈めてきたので、今度は油断なく身を引いた。とった距離で、手を伸ばし、摘まんだ紅棗を叡明の唇に押しつける。

「人目があります。子どもの目も……」

「冬来は僕のだ。どこでなにをしたところで、なにが悪いんだ？」

叡明が顎をクイッと上げて、威張ってみせる。

「場所が悪いです。街の往来でなにをしようというのですか？」

主に対し僭越ながら、冬来がそう口にすると、叡明が低い声で囁くように言った。

「……そうか。なら宮城の奥であればいいのだな？」

宮城の奥。それは遠回しに後宮を指して言う言葉だった。

そこでの冬来は武人ではない。叡明の、今上帝の后、威《い》皇后《こうごう》である。

「お渡りになるのでしたら、わたくしはお迎えいたします……」

冬来は言いながら俯く。皇帝護衛官として叡明の危険に際し、その手を引くことに躊躇いない冬来だが、后として皇帝の手を引き寄せることには、まだ慣れていない。

「お兄ちゃん、大丈夫？　顔が紅棗みたいになってるよ」

子どもたちの笑い声が、夕暮れの栄秋の路地裏に響いた。


空が暗くなっても、栄秋の街は明るい。そこかしこに提灯が灯り、通りを行く人々は、都の夜を満喫しようと明るい表情で歩いている。それを迎える酒楼や茶館の者たちも、陽気な声を上げて客を招いていた。

「それにしても、叡明様が自ら木を登られたことに驚きました」

「子どもが商家に入っていこうとしていた。……僕は見つかっても最終的にどうとでもなるけど、子どもたちはそうもいかないからね」

たしかに。叡明が皇帝であることをバラさないにしても、栄秋府の長、あるいは李洸あたりがうまく手を回して、誰かの名で事を収めるだろう。一方、子どもたちだけでは、捕まってキツく叱られるだけではすまない可能性もある。

「叡明様は、お優しいですね」

「そうじゃない。……いずれ僕が目的を達したとき、彼らにはしっかり支えてもらわないといけないからだよ」

叡明は自身に対する皮肉のようにそう言った。

「そのために、教育の改革にも着手されるのですか？」

「そうだよ。すべては国力をつけるためだ。出身の上下を問わず学べる場を確保しないとね」

応じる叡明が静かに微笑む。

「一部の者だけが高等教育を受けて、その他大勢を支配する。そういう考え方を持つ為政者が遠い昔から少なからず居る。僕からすると、愚かなのはそいつらだね。愚民ばかりでは国全体の力は弱くなるだけだ。国軍の話だけをしているわけではないよ。相国は、いまや貿易で成り立つ国だ。交渉のための語学力や計算力は、国内の誰であろうとも必要になるし、中・長期的な経済政策を立てられる目も必要だ。相国民にはね、愚かでいる暇はないんだよ」

叡明は宮城へ向かう道で足を止めて後ろを振り返る。街の灯が少し遠い。夜になったこの時間、宮城へ向かう人はなく、道に二人きりになった。

叡明は、どこを見ているのだろう。

背中を向けられている冬来には、その視線のゆくえはわからない。けれど、できることなら、同じ方向を見ていたい。だから、同じように夜の栄秋の街に視線を向ける。

「……叡明様のお進みになる道の先までも、お供いたします」

冬来が声を掛けると、叡明は不機嫌そうに振り返る。

「それ、わざわざ言うこと？」

「はい。折に触れ、互いの意思を確認することは、とても重要ですよ」

大きく頷き答えた冬来に、叡明は呆れた顔をした。

「そういうのは、翔央に言ってくれる？」

「え？　ですが……翔央様はすでに確認しようとなさってますよ、おそらく」

真正面から応じた冬来に叡明が苦笑いする。

「そうだね。そこは翔央の問題じゃないね」

翔央が共に生きようという意思を確かめる相手は、たくさんの顔を抱えている。

官吏としての顔、翠玉の姉として顔、そして……翔央の傍らにいる者としての顔。

陶蓮珠は、きっとどの顔も選べない。それらのどれが欠けても、彼女は彼女として成り立たなくなるだろうから。

翔央もそれがわかっているから、一歩引いて待っているのだろう。そして、蓮珠がすべてを捨てられないまま抱えていたとしても受け止める。翔央にその覚悟があることを、蓮珠が信じ受け入れる日まで。

……ただ、叡明がそれを待つかどうかは別問題ではある。相国では、宮を賜った者が宮妃を迎える場合、皇帝の許可が必要だそうだから。

「わたくしは、叡明様をお守りするためだけに生きておりますので」

栄秋を見つめていた横顔が、冬来を見た。

「なにそれ、つまらないね」

叡明は心底嫌そうにいってから、幽かに微笑む。

「僕に守られるためにも生きてくれないの？……僕に君を守らせてよ」

誰かを守るための自分に、誰かに守られる自分が生まれる。

「僕は君だけを守って生きていくことはできない立場だけど、僕にできることはなんだってするよ。……それを証明するために一人で城を出て、君を迎えに行った。案の定、交戦中だったのには呆れたけど」

相国への輿入れの時の話だった。その少し前にもらった手紙「迎えに行く」の言葉に嘘はなかった。

叡明は、言葉を費やすだけではない。行動でもきちんと示してくれる人物だ。ただ、その行動が、ちょっとばかり無茶したな、と思われるものばかりなだけで……。

「僕は歴史学者だ。叙情より叙事。男と女の駆け引きが得意な翔央と違って、回りくどいのは得意じゃない」

叡明が手を伸ばし、冬来の頬に触れた。

「僕が僕の目的を達したとしても、君だけのものになれないけど……、どんな時も君を大切にしたいと思っているよ。皇后なんて厄介なものを押しつけちゃったけど、今日僕が言ったことを忘れないでいて」

どうして忘れることができようか。大切な人がくれた、この輝く宝玉のような言葉を。冬来は叡明を見つめ返してから、そっと目を閉じた。

「……人間には二種類います。他者のためなら力を発揮できる者、自分のためにこそ力を発揮する者です。わたくしは、あなたのためになら力を尽くせます」

冬来は自分を前者と認識している。叡明はおそらく後者ではないだろうか。どちらが正しいというのではなく、性質の違いによるものだ。

「……そうかな？　僕は歴史研究のためには多少の無茶もできてしまうから、自分のための力を発揮する人間なのかもしれない。でも、僕は冬来といることで大きな力を得られるよ。それは時に、冬来のために使う力なのかもしれない。……だから、三種類目の人間ということかな」

やわらかな声は耳を撫で、優しい手は頬を撫でる。

故郷を遠く離れ、この国でこの人と生きていく。

その誓いをこの国の都に示すように、冬来は自らその唇を、叡明の唇に重ねた。

双葉文庫

あ-60-02

後宮《こうきゅう》の花《はな》は偽《いつわ》りを散《ち》らす

2019年7月14日　第1刷発行

【著者】
天城智尋
あまぎちひろ

【発行者】
島野浩二
【発行所】
株式会社双葉社
〒162-8540 東京都新宿区東五軒町3番28号
［電話］03-5261-4818(営業)　03-5261-4851(編集)
www.futabasha.co.jp
(双葉社の書籍・コミックが買えます)
【印刷所】
中央精版印刷株式会社
【製本所】
中央精版印刷株式会社

【表紙・扉絵】南伸坊
【フォーマット・デザイン】日下潤一
【フォーマットデジタル印字】恒和プロセス

ISBN978-4-575-52246-4 C0193
Printed in Japan